Bianca

El jeque seductor
Kim Lawrence

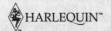

Editado por HARLEQUIN IBÉRICA, S.A.
Núñez de Balboa, 56
28001 Madrid

© 2009 Kim Lawrence. Todos los derechos reservados.
EL JEQUE SEDUCTOR, N.º 2011 - 7.7.10
Título original: The Sheikh's Impatient Virgin
Publicada originalmente por Mills & Boon®, Ltd., Londres.

I.S.B.N.: 978-84-671-8609-3
Depósito legal: B-21720-2010
Editor responsable: Luis Pugni
Preimpresión y fotomecánica: M.T. Color & Diseño, S.L.
C/ Colquide, 6 portal 2 - 3º H. 28230 Las Rozas (Madrid)
Impresión y encuadernación: LITOGRAFÍA ROSÉS, S.A.
C/ Energía, 11. 08850 Gavá (Barcelona)
Fecha impresion para Argentina: 3.1.11
Distribuidor exclusivo para España: LOGISTA
Distribuidor para México: CODIPLYRSA
Distribuidores para Argentina: interior, BERTRAN, S.A.C. Vélez
Sársfield, 1950. Cap. Fed./ Buenos Aires y Gran Buenos Aires,
VACCARO SÁNCHEZ y Cía, S.A.
Distribuidor para Chile: DISTRIBUIDORA ALFA, S.A.

Capítulo 1

A VER SI lo he entendido...

Luke la miraba como si estuviera esperando que ella completara la frase de algún modo ingenioso.

—Eres una especie de... ¿princesa? —añadió, con una sonrisa a medias—. ¿Eres la princesa Evie?

Soltó una carcajada.

Eva no imitó su gesto, pero comprendía en cierto modo su escepticismo. Incluso a ella le había costado convencerse cuando, a la muerte de su madre hacía ya un año, se había materializado en su vida una familia de la que, hasta entonces, no había tenido noticia alguna. Además, no se trataba de una familia cualquiera.

Enganchó los pulgares en la cinturilla del vaquero que llevaba puesto, levantó la barbilla con altivez y se arrojó el echarpe sobre el hombro. Entonces, preguntó con voz dolida:

—¿Acaso estás insinuando que no tengo un aspecto regio?

Luke Prentice podía pensar en muchos epítetos, entre los que se incluían las palabras «bellísima» y «sensual», para describir a la hija de una mujer que, en el reducido círculo del mundo académico, había sido una leyenda.

No sabía si Eva era consciente de que su madre lo había seducido cuando era un estudiante de dieciocho años que asistía a una de sus clases para ampliar sus horizontes, algo que, decididamente, había conseguido. Sin embargo, de lo que sí era consciente era de que no tenía oportunidad alguna con la hija, una situación sobre la que Luke se mostraba muy filosófico. Aunque se podía decir que era un novato en lo que se refería a las relaciones platónicas con las mujeres, la compañía de Eva le resultaba muy relajante.

–No te puedo decir que haya asociado jamás las pecas y el cabello rojizo a la realeza de Oriente Medio.

–Yo tampoco –admitió Eva con un suspiro.

Incluso en aquel momento todo parecía un poco surrealista. Su madre, su encantadora e inteligente madre, no había sido lo que Eva siempre había creído, sino más bien la esposa abandonada de un príncipe árabe. El rey, el abuelo de Eva, había tenido nueve hijos y el padre de ella era el menor de todos. Por lo tanto, tal y como le había explicado su tío Hamid cuando llegó al entierro en una enorme limusina de cristales blindados, Eva era una princesa. Para demostrárselo, le había enseñado unos papeles que lo confirmaban. Por fin tenía la familia que tanto había anhelado, una familia que había encontrado en el peor momento de su vida.

–¿Princesa Eva? No lo entiendo –dijo Luke, el profesor de Economía más joven de la historia de la facultad–. Tu madre nunca estuvo casada, aunque no le faltaba la compañía masculina. Espero que no te ofendas por mis palabras...

Así había sido. Su madre nunca había ocultado sus amantes, muchos más jóvenes que ella. Las relaciones que tenía con ellos nunca duraban mucho. Al contrario que los demás, Luke había seguido siendo un amigo. Resultaba irónico que, siendo su madre una mujer sexualmente muy liberada, Eva fuera aún virgen a la edad de veintitrés años.

–Resulta que sí lo estuvo, pero tuvo una gran discusión con mi padre.

Realmente deseaba conocerlo. Había estudiado fotos de él y el retrato que colgaba junto al de sus hermanos en el palacio. Ninguno de los rasgos de Eva reflejaba el parentesco, aunque tampoco había heredado la serena belleza de su madre. El cabello rojizo, las pecas y la piel blanca le venían a Eva de su bisabuelo, que era irlandés.

–¿Se divorciaron?

–No. Él murió en un accidente náutico antes de que la separación fuera legal.

–¿Y tú nunca tuviste noticias de esto hasta que tu madre murió?

–No. Mi abuelo cree que es su deber casarme y, antes de que puedas decir nada, sé que estamos en el siglo XXI, pero ése es su modo de pensar. Desde que nació, se le ha hecho creer que una mujer necesita la protección de su familia o de un esposo. Creo que, con el tiempo, se dará cuenta de que soy más que capaz de cuidarme sola, pero soy su única nieta. Hay muchos chicos, pero yo soy la única mujer...

–Y por eso quiere casarte con un hombre que podría tener halitosis o barriga cervecera...

–De cerveza nada –le recordó Eva–. Ni tampoco podrá obligarme a nada...

–Sin embargo, esperan que te cases con... ¿cómo has dicho que se llama?

–Karim Al-Nasr. No. No me obligarán, pero si no me caso, algo que evidentemente no voy a hacer, parecerá que les estoy arrojando a la cara toda su amabilidad y calidez. Sé que a nosotros nos parece raro, Luke, pero éstas son sus costumbres. Sería mucho más fácil para mí si ese tal príncipe Karim fuera quien me rechazara...

–¿Y el hecho de que tú no seas una virgen inocente va a ayudarlos a cambiar de opinión?

–Creo que sí. Son muy tradicionales –suspiró Eva.

–Nadie lo es tanto, Eva. Como tú has dicho, estamos en el siglo XXI y tú no te has pasado los últimos veintitrés años en un palacio en medio del desierto –comentó Luke mirándola de la cabeza a los pies–. Además, eres una mujer excepcionalmente guapa.

Eva se sintió algo incómoda por la mirada y el comentario de Luke.

–¿Te parece que dejemos mis credenciales sexuales fuera de esta conversación? ¿Vas a hacerlo o no?

–¿Fingir que vivo contigo y que soy tu amante? –le preguntó él. Siguió mirándola de un modo que hizo que Eva se sintiera intranquila.–. A ver si puedes impedírmelo.

–Eres un ángel –contestó ella, aliviada.

–Y tú eres virgen... La mujer que está escribiendo una tesis sobre cómo la revolución sexual afecta a la mujer del siglo XXI es una princesa virgen. ¡Me encanta! –exclamó Luke frotándose las manos.

–Cállate y deja tu cuchilla de afeitar en mi cuarto de baño.

–Te aseguro que ésa es una oferta que ningún hombre podría rechazar...

El médico, un galeno con fama mundial en el tratamiento del cáncer en niños, no solía sentir aprensión a la hora de dar consejos a los padres, en especial a los que estaban tan agotados como aquél, que llevaba cuatro días al lado de la cama de su hija. Sin embargo, al acercarse a la alta e imponente figura que, a pesar de la fatiga y el agotamiento totales que se reflejaban en unos penetrantes ojos color platino, sintió un temblor. El hombre estaba junto a la ventana, mirando al exterior, mientras que las enfermeras acomodaban a su hija en la cama.

–¿Príncipe Karim?

–¿Hay noticias? –preguntó él volviendo el rostro.

–Como ya le he explicado, Alteza, no conoceremos los resultados hasta mañana.

–Sin embargo, si los niveles se encuentran dentro de unos parámetros seguros, ¿proseguirá usted?

–Sí, pero supongo que entenderá que, aunque podamos continuar con el tratamiento, no hay garantías de... Este tratamiento está aún en fase experimental.

–Soy consciente de las estadísticas, doctor –replicó él. Entonces, se giró un poco más para contemplar la figura de su hija Amira, que yacía sedada en la cama. Sintió una profunda y desgarradora rabia en su interior. Era consciente de que no podía hacer nada y eso lo desesperaba.

–Señor, creo que debería usted descansar...

–Estoy bien.

–Su hija no sabe que está usted aquí. Está muy sedada.

Karim apretó los labios. Sabía que no le serviría a su hija si terminaba cayendo él también enfermo.

–Quiero estar a su lado cuando despierte...

–Por supuesto, pero, mientras tanto, podría descansar algunas horas. Tenemos habitaciones aquí...

Karim tardó unos segundos en responder. De mala gana, asintió.

–Estupendo, señor. Lo prepararé todo para que...

–Limítese a darle a Tariq los detalles –replicó Karim. Y regresó junto al lecho de su hija.

El médico asintió con una débil sonrisa y fue a buscar al hombre en cuestión, un individuo de edad indeterminada que resultaba algo más sociable que su señor.

–La habitación es adecuada –dijo Tariq, aunque sin estar demasiado convencido de sus palabras–. Lo despertaré dentro de cuatro horas.

–De dos.

–Como desee, señor –respondió Tariq, que era mucho más que un simple asistente para Karim–. Pondré la guardia al final del pasillo. Le he dejado una infusión encima de la mesilla de noche. Podría ayudarlo a conciliar el sueño.

–Muy bien...

Estaba seguro de que nada podría impedirle dormir, pero estaba muy equivocado. Se tumbó en la cama, pero no parecía conseguir que su pensamiento se relajara. Permaneció media hora mirando el hecho. Su cuerpo estaba completamente agotado, pero le resultaba imposible conseguir que su cerebro se desconectara. De repente, chascó los dedos y se levantó

—Ya no aguanto más...

Se dirigió a la puerta. Tal vez le vendría bien darse un paseo por el exterior antes de regresar a la habitación de Amira...

Cuando salió, los guardias que estaban al final del pasillo estaban dormidos. Si iba a dar un paseo para aclararse la cabeza, sería mucho más agradable que, por una vez, no llevara a nadie pisándole los talones.

Se dirigió a la escalera de incendios y, sorprendentemente, no se encontró con nadie. Bajó rápidamente los escalones y salió del edificio. Estaba lloviendo en el exterior, pero Karim casi no se dio cuenta. Comenzó a andar pensando en las dos semanas que habían pasado desde que a Amira se le diagnosticó su enfermedad. Casi le parecía increíble que, tan sólo un mes atrás, su vida fuera completamente normal, sólo cuatro semanas antes de que se percatara de las profundas ojeras en el rostro de su amada hija... ¿Cuánto tiempo llevaban allí? ¿Qué clase de padre no sabía algo así?

Apartó el sentimiento de culpabilidad que inevitablemente sentía cuando pensaba en sus limitaciones como padre. Cuando Amira nació, Karim decidió que la niña no sufriera nunca por los engaños de su madre ni por su propia estupidez. Decidió que se comportaría hacia ella del mismo modo en el que lo habría hecho si la criatura hubiera llevado su sangre, que era exactamente lo que pensaba todo el mundo.

Cuando la niña nació ocho meses después de la boda, la mayoría de la gente fingió no saber nada de matemáticas. No obstante, su padre le dedicó una mirada de triste indulgencia y comentó algo sobre la impaciencia de los jóvenes. Sus primos no dejaron de realizar comentarios jocosos sobre el tema. Sus reacciones habrían sido muy diferentes si hubieran sabido la verdad, si hubieran sabido que, lejos de anticiparse a los votos matrimoniales, él jamás se había acostado con su esposa. Ella eligió la noche de bodas para informarle de que estaba embarazada del hijo de otro hombre.

Karim jamás pensó que experimentaría sentimientos que un hombre tendría hacia su propio hijo, hacia aquella niña, pero se equivocó. Bastó sólo que le pusieran en los brazos a la niña. Ésta lo miró directamente y, cuando dejó de llorar, Karim sintió que la pequeña le había arrebatado por completo el corazón.

La niña tenía ya ocho años y la situación no había cambiado, a excepción de que, desde la muerte de la madre dos años atrás, él era el único que conocía el secreto: Amira no era su hija biológica.

Hasta su enfermedad. Cuando surgió el tema de la donación de médula espinal, Karim se vio forzado a admitir que él no podría ser donante porque no era su padre biológico ni sabía quién podía ser.

Por primera vez, lamentó amargamente que no hubiera mostrado interés alguno por el amante de su esposa. Si lo hubiera hecho, habría alguien que podría ayudar a Amira.

Por supuesto, si hubiera amado a Zara, la situación podría haber sido diferente. No había sido así.

Daba las gracias diariamente por su aparente inca-
pacidad por enamorarse. La historia estaba plagada
de hombres que quedaban destruidos y humillados
cuando las mujeres a las que amaban los habían en-
gañado y mentido.

No tenía intención alguna de colocarse en esa situación. Si alguna vez hubiera sido un hombre ro-
mántico, su matrimonio le habría abierto los ojos
hacia los peligros de esa condición. No lo era. Karim se casaría por deber. Buscaría el amor, o más
bien el sexo, en otra parte.

Capítulo 2

CUANDO vio el coche aparcado junto a la acera del otro lado de la estrecha calle, lo primero que Karim pensó fue que sus guardaespaldas lo habían visto abandonar el hospital hacía unos minutos y lo habían seguido. ¿Cuánto tiempo había pasado desde entonces?

Frunció el ceño y trató de pensar. ¿Por qué no podía hacerlo? Se miró y su frustración se hizo aún mayor. Estaba completamente empapado.

Miró a su alrededor. No recordaba haber salido de los límites que imponía la valla de hospital. No sabía cómo había llegado hasta allí. Había salido para tomar un poco el aire, pero, evidentemente, había tomado más de lo que había esperado. A pesar del que suponía había sido un largo paseo, no había logrado escapar de sus oscuros pensamientos. Tenía que regresar al hospital, pero no sabía dónde estaba. No reconocía nada, lo incluía los hombres que se encontraban en el interior del vehículo aparcado. Ellos parecían estar vigilando el edificio junto al que se encontraban. Karim centró la mirada en la placa que había a la entrada de la fachada de ladrillos rojos. Church Mansions. Un nombre muy pomposo para un edificio que no lo era tanto. Se trataba de una típica casa de estilo eduardiano que había sido dividida en pisos, como le había ocurrido al resto de las otras de la calle.

Trató de secarse la frente con la mano. ¿Por qué le resultaba familiar aquel nombre? ¿Por qué no era capaz de pensar?

Cuando se daba la vuelta para volver sobre sus pasos, lo recordó. Allí era donde vivía la nieta del rey Hassan. Era la dirección a la que debía haber ido a buscarla el jueves por la noche. La cita se había organizado antes de que Amira fuera diagnosticada. Suponía que Tariq, su mano derecha, se había ocupado de disculparse.

¿En qué día estaba? Jueves. No, viernes... Y justamente allí estaba él. ¿Acaso lo habría guiado el destino?

Karim no creía en la mano arbitraria de la providencia. No le gustaba la idea de no estar a cargo de su propio destino. Él se hacía responsable de sus propias decisiones. De las buenas y también de las malas.

¿Era ésa una mala decisión? Se hizo esta pregunta mientras examinaba los nombres que figuraban en la puerta hasta que encontró el que estaba buscando.

Por su sentido del deber, había accedido a conocer a aquella chica, pero la cita jamás había tenido lugar. Lo había hecho por respeto a Hassan Al-Hakin, rey de Azharim, un país que compartía frontera con Zuhaymi. Los dos países llevaban mucho tiempo siendo aliados, pero años atrás habían sido enemigos acérrimos.

El rey Hassan no había sido el primero en sugerirle que ya iba siendo hora que volviera a casarse, pero sí el único en sugerirle una posible esposa. A pesar de que no sentía inclinación alguna a aceptar la proposición de su vecino, no podía insultarlo negándose a conocer a la posible candidata. Esta actitud podría crear cierta tensión en la relación entre los dos países.

Comprendía el deseo del rey Hassan por casar a su nieta. Además, por nacimiento, aquella muchacha cumplía con todos los requisitos para convertirse en la novia de un príncipe.

Sin embargo, el linaje no era suficiente. Aquella mujer había vivido toda su vida ajena a una tradición que la empujaba a aceptar su papel de esposa con un hombre al que no conocía. Esperar algo así era como suponer que un niño de diez años puede dar una conferencia sobre astrofísica.

Karim sabía que tenía que casarse y era realista al respecto. No esperaba encontrar su alma gemela, sino alguien a la que, en primer lugar, no le disgustara la idea de compartir la cama con él. De todos modos, él no tenía prisa. Sólo tenía treinta y dos años. Disfrutaba mucho de su libertad y era un hombre joven, aunque no tanto como algunos. Amira sólo tenía ocho años y habría dado cualquier cosa por cambiar su sitio con el de ella.

Por supuesto, si Amira hubiera sido un chico, la situación habría sido muy diferente. No estaría tan presionado por los que tanto insistían en que se casara. No obstante, no necesitaba que otros le señalaran sus obligaciones. Sabía que, tarde o temprano, tendría que casarse y proporcionar el heredero que todos esperaban.

Era la una de la mañana. Eva decidió darse una ducha. Se sentía demasiado nerviosa y agitada como para poder conciliar el sueño. Resultaba verdaderamente irracional. No era que ella hubiera deseado que se presentara, pero los malos modales seguían siendo malos a pesar de que no tuviera motivo para quejarse del resultado.

Su noche había empezado muy mal y había ido cada vez peor. Para empezar, su ordenador se había estropeado y había perdido el trabajo de toda una semana. Entonces, el jefe del bar del hotel en el que ella trabajaba para complementar su beca de posgraduado la había llamado para que cubriera un turno. Había tenido que rechazar la oferta, por lo que, la siguiente vez, ella no sería la primera y, con su ordenador a punto de romperse del todo, le vendría bien el dinero. En realidad, no es que no tuviera dinero. La pensión que su abuelo había insistido en concederle estaba en el banco, donde iba a seguir estando. Utilizarla habría sido como renunciar en cierto modo a su libertad.

El día entero había sido una pérdida de tiempo. Como si no hubiera tenido nada mejor que hacer que pasarse horas decidiendo que era lo menos adecuado para ponerse y tras colocar artísticamente objetos personales de Luke en el cuarto de baño y varias prendas de ropa por el piso para que diera la impresión de que él estaba viviendo allí con ella.

Por supuesto, tendría que haberse imaginado que el príncipe tenía tan pocas ganas de conocerla como ella a él cuando un asistente la llamó un mes atrás para concertar la cita.

–¡Maldito sea! –exclamó mientras se quitaba los zapatos de una patada y se despojaba del resto de su poco adecuado atuendo–. ¿Quién se cree que es?

Aparte de ser rico y poderoso... Evidentemente, la cortesía y los buenos modales no se aplican a la realeza.

Era una pena que todos los hombres que había en su vida no se hubieran olvidado de ella del mismo modo.

Luke llegó precisamente en ese instante.

–¿Dónde está?

–Aquí no.

Luke quiso conocer todos los detalles y disfrutó inmensamente de lo ocurrido.

–Vaya, vaya... parece que ese tipo no estaba tan interesado como tú pensabas, princesa.

Luke siguió haciendo un comentario tras otro sin recibir respuesta alguna de Eva.

–¡Tienes que apreciar la ironía de lo ocurrido, Evie!

En este momento, ella decidió abrir la puerta e invitarlo a marcharse.

Mientras se metía en la ducha, pensó que lo mejor era olvidarse de lo ocurrido. Si el asistente del aquel maldito príncipe la llamaba para volver a concertar una nueva cita, ella se estaría lavando el cabello.

Acababa de abrir el grifo cuando el estridente sonido del timbre de la puerta la sacó de su ensoñación.

¡Maldita sea! Sería Luke quien, desde que se había mudado a una casa de las afueras de la ciudad, tenía la enojosa costumbre de utilizar su sofá cada vez que perdía el último tren a casa. Bueno, normalmente no le molestaba, pero aquella noche no se sentía exactamente hospitalaria.

Se enjuagó y salió de la ducha para ponerse un

albornoz. Se sacudió el cabello y se dirigió rápidamente hacia la puerta.

Se detuvo en seco cuando llegó frente a la puerta. A través del cristal semitransparente de la puerta, se adivinaba la sombra de la figura de una persona muy corpulenta. ¿Demasiado para ser Luke?

No podía ser que el maldito príncipe tuviera la caradura de pensar que ella lo habría estado esperando hasta que se dignara a aparecer. Frunció los ojos y levantó la mirada para abrir por completo el cerrojo de la puerta. ¿Acaso en su mundo las mujeres esperaban siempre pacientemente? La ira se apoderó de ella. En lo que se refería a vanidad y arrogancia, aquel hombre se llevaba claramente la palma.

Respiró profundamente. Se moría de ganas de explicarle que ella sólo le daba una oportunidad a un hombre y que él había perdido la suya. Contenta con su frase, cerró los ojos, se colocó una desafiante sonrisa en el rostro y comprobó que el albornoz cubría todo lo que tenía que cubrir. Así era. Le llegaba prácticamente hasta los dedos de los pies.

Abrió la puerta con un ademán exagerado.

La alta figura, que hasta entonces había estado apoyada de espaldas a su puerta, se dio la vuelta. Eva sintió que las palabras se le helaban en la garganta. En realidad, todo, incluso su habilidad para pensar, en especial su habilidad para pensar, se congeló por completo.

Capítulo 3

POR ALGUNA razón, Eva había esperado que el príncipe se pareciera a los hombres de su nueva familia, hombres corpulentos cuya altura les capacitaba para cargar con los kilos de más que, efectivamente, la mayor parte de ellos tenían.

El hombre que estaba frente a ella era ciertamente muy alto, pero no tenía ningún kilo de más. No es que Eva se fijara inmediatamente en su atlético y esbelto cuerpo porque su rostro la tenía completamente absorta.

Nunca antes habría esperado asociar la idea de belleza a un rostro tan masculino, pero así era. Cada rasgo de aquella cara era verdaderamente hermoso. Ángulos esculpidos de un modo perfecto, boca sensual, marcados pómulos, fuerte mandíbula, cejas oscuras y unos ojos de un color plateado que resultaba casi irreal. No tenía tara alguna. Hasta la piel era perfecta, con un profundo tono dorado.

Eva trató de serenarse. Exhaló un suave suspiro y cerró la boca casi con un gesto audible. ¿De verdad era aquél su príncipe? Le resultaba casi imposible creer que pudiera ser así.

A pesar de estar vestido con ropa de estilo occidental, se notaba que no estaba en su hábitat natural. No resultaba difícil imaginárselo contra un cielo profundamente azul, ataviado con las prendas propias de un habitante del desierto.

Al visualizar aquella imagen, Eva sintió una extraña sensación en el vientre. ¿En qué estaba pensando? ¿Su abuelo le había dicho que era una unión «adecuada»? ¡Adecuada! Por el amor de Dios, encajaban tan bien como un semental de pura raza árabe y un poni. Lo único que podría resultar algo tranquilizador era que un hombre como él jamás iba a aceptarla a ella como esposa.

Abrió los ojos para decir algo frío y cortante, pero antes de que pudiera hacerlo, los ojos de aquel hombre, que parecían estar centrados en algún punto por encima del hombro izquierdo de Eva, conectaron con los de ella.

La expresión que vio en ellos hizo que Eva guardara silencio. Parecía estar en estado de shock. La miraba sin verla en realidad. Tenía unas profundas ojeras en el rostro y abundantes líneas de expresión alrededor de la boca. Parecía estar completamente agotado.

La preocupación dejó a un lado cautela, sentido común e instinto.

—Es mejor que entre. Supongo que usted será el príncipe...

Al escuchar el sonido de la voz de Eva, él pareció sobresaltarse. Era como si se hubiera olvidado de que ella estaba allí. Miró fijamente su rostro. Eva sintió una extraña sensación por la espalda.

—Me llamo Karim Al-Nasr —susurró—. No estoy seguro de por qué estoy aquí. ¿Acaso la conozco?

Le recorrió el rostro con la mirada, contemplando ávidamente los revueltos rizos que le caían a Eva por los hombros. Ella sintió que el vello que le cubría los brazos se le ponía de punta.

–Cabello rojo, como llamas...

Qué voz... Aquel hombre podía hacer pecar a una mujer sólo con sus palabras. Eva había oído hablar de lo que se denominaba «voces de alcoba», pero aquélla era la primera vez que escuchaba una. Suave como el terciopelo, seductora...

–No se me habría olvidado.

–Bueno, teníamos una cita –dijo ella

Él frunció el ceño.

–¿De verdad? Es cierto. Es usted la princesa perdida del rey Hassan –susurró, comprendiendo por fin a lo que ella se refería.

Eva lo miró fijamente y comprendió que era él quien estaba verdaderamente perdido. Vio que se tambaleaba ligeramente. Ella levantó una mano para sostenerlo, pero volvió a dejarla caer. Jamás se había negado a ayudar a quien lo necesitaba, pero, en esta ocasión, le costaba hacerlo. No sólo era que estuviera completamente segura de que, en circunstancias normales, aquel hombre fuera la antítesis absoluta de la vulnerabilidad. Su instinto le decía que un gesto amable podría tener repercusiones imprevisibles.

«Estás siendo muy dramática, Eva», se dijo. Además, no tenía elección alguna. No podía darle con la puerta en las narices. Apretó los dientes y extendió la mano, que le colocó cuidadosamente sobre el brazo.

Él pareció no notar la mano, pero Eva sí sintió la

firmeza de sus músculos. Hubiera sido imposible de otra manera.

–Entre, hmm... príncipe –dijo. Él se mantuvo inmóvil, como si no la hubiera escuchado–. ¿Vamos dentro? –repitió ella.

Después de un instante, él respondió. El alivio que sintió Eva fue efímero. Una voz en el interior de su cabeza le preguntó una vez más que qué demonios se creía que estaba haciendo.

–Baje la cabeza –le dijo, un segundo demasiado tarde. Él no lo hizo. Era muy alto. Casi un metro noventa. Por ello, se golpeó con el marco de la puerta, aunque pareció no notarlo–. ¡Dios mío, tenga cuidado!

Explicar que tenía un príncipe heredero con el cráneo fractura en la recepción de urgencias realmente completaría su día.

–¿Se encuentra bien?

–¿Bien? –repitió Karim. Se llevó una mano a la frente. Cuando retiró los dedos, estos estaban mojados, manchados de rojo. No notaba nada. Se sentía vagamente desconectado de su cuerpo. Seguramente se debía a la privación de sueño.

Debía estar en el hospital. ¿Qué hacía allí? Amira se encontraba en el hospital y él no podía hacer nada por ayudarla. Esto le estaba volviendo prácticamente loco. Resultaba irónico que pudiera influir en la estabilidad política de una región con unas pocas palabras, que pudiera salvarle la vida a una comunidad entera llevándoles la luz y el agua y que, en lo que se refería a su hija, tuviera que mantenerse al margen y ver cómo ella soportaba el dolor... cómo la iba perdiendo poco a poco...

–Tengo que marcharme –dijo.

Eva casi se alegró. Era lo mejor. Inmediatamente se sintió culpable. No sería capaz ni de negarle ayuda a un gato callejero si se le presentara en la puerta, aunque aquel hombre distaba mucho de serlo.

–Creo que debería sentarse un momento, señor... príncipe –le sugirió, sin poder evitar una sonrisa al pronunciar el título. Resultaba muy extraño–. Podría llamar a un médico...

–¡No! ¡A un médico, no! –exclamó él. La mirada perdida se transformó en una tan penetrante como bisturís quirúrgicos.

–Está bien –aceptó ella. Después de todo, no era asunto suyo–. Entonces, una taza de té.

–¿Té?

–No tengo nada más fuerte –dijo ella a modo de disculpa.

Él dejó de mirarle los ojos para centrarse una vez más en su cabello. Parecía ejercer sobre él una intensa fascinación que hizo que los latidos del corazón de Eva se aceleraran. Entonces, levantó las manos y las extendió hacia ella. Comenzó a tocarle el cabello. Eva se tensó y pensó que no podía quedarse inmóvil, que tenía que hacer algo.

No lo hizo. Permaneció completamente inmóvil, aunque el corazón le latía a toda velocidad, y dejó que él acariciara suavemente los mechones de su cabello uno tras otro. Cuando los dedos se hundieron un poco más y comenzaron a rozarle el cuero cabelludo, un profundo temblor recorrió el cuerpo de Eva de la cabeza a los pies.

–Como seda... una llama...

La voz de él rompió el hechizo. Con un gemido, Eva dio un paso atrás. Tenía la respiración acelerada. Se colocó el cabello detrás de las orejas y apretó el nudo del cinturón que le ceñía el albornoz.

–Mire, creo que...

Se detuvo. No la estaba mirando, al menos no a ella personalmente, lo que era un alivio. Le resultaba más fácil pensar, respirar.

–Siéntese –le dijo–. Por el amor de Dios, siéntese o...

Se sintió alarmada y luego aliviada cuando él se alejó del sofá y se sentó por fin en un sillón.

–Genial...

¿Qué iba a hacer ahora? Trató de pensar al tiempo que rezaba para encontrar inspiración. Entonces, se arrodilló delante del sillón.

–¿Se encuentra bien? –le preguntó Eva mientras se mordía el labio y trataba de pensar.

Apretó los dientes con frustración. Seguramente, aquel hombre tenía un ejercito de personas buscándolo. ¿Por qué había tenido que ponerse ella a hacer de enfermera? ¡Ni siquiera se le daba bien!

–¿Puedo llamar a alguien en su nombre? –le preguntó poniéndole una mano en el brazo. Entonces, notó que él estaba temblando–. Dios mío, está usted completamente empapado. Debería quitarse esa ropa mojada... jeque... príncipe –añadió. Al imaginárselo haciendo eso precisamente, se sonrojó–. Tal vez no.

Tragó saliva. Se puso a examinar la piel dorada de la garganta, justo donde se había tirado de la corbata hacia un lado. La camisa blanca, completamente empapada, se le pegaba a la carne como si fuera una segunda piel. Al ver el vello negro que le cubría el pecho, Eva apartó los ojos rápidamente y se puso de pie. Afortunadamente, él no se encontraba en condiciones de ver el estado de absoluta timidez en el que ella se encontraba.

–Espere aquí. Le traeré algo seco –dijo. Entonces, se fijó en la sangre que le cubría la frente–. Y algo para curarse esa herida –añadió. Miró con preocupación la sangre que le manaba de un corte pequeño, pero aparentemente profundo–. No se mueva.

Salió corriendo de la sala. Necesitaba tiempo para recuperar el equilibrio. Ya en el dormitorio, cerró la puerta y se apoyó contra ella con los ojos cerrados. Se cubrió el rostro con una mano. Estaba temblando y tenía la piel cubierta de un sudor frío. Tal vez se trataba de una cuestión de proximidad, pero jamás se había encontrado con nadie que produjera un efecto tan visceral en ella.

No era el mejor momento para que sus hormonas, que tanto tiempo llevaban dormidas, se despertaran. Tenía que... ¿Qué? Frunció el ceño y trató de concentrarse. Para empezar, debía vestirse. Se enfundó el pijama que tenía preparado sobre la cama. Entonces, mientras tomaba una manta de encima de la cama, decidió que lo que necesitaba era un número de teléfono, una dirección a la que pudiera enviarle con un taxi. Llamar a su abuelo para pedirle consejo era el último recurso. Aún no conocía muy bien el protocolo real, pero suponía que la situación en la que se encontraba rompía varias reglas. Aunque pudieran disculparse algunas meteduras de pata a su ignorancia, aquello podría ser ir más allá de los límites establecidos.

Se metió en el pequeño cuarto de baño que tenía dentro de su dormitorio y tomó un par de toallas. Entonces, se dirigió de nuevo hacia el salón.

Capítulo 4

TENGO...

Eva se detuvo en seco. Se quedó boquiabierta. Sintió que las toallas se le caían de las manos.

Pasó por encima de la camisa y la chaqueta mojadas que había sobre el suelo.

–¡Dios mío! –susurró.

Nadie escuchó su comentario porque su invitado tenía la cabeza completamente acomodada contra el sillón. Estaba profundamente dormido.

Profundamente dormido y medio desnudo de cintura para arriba.

¡Menos mal!

Una carcajada con una cierta nota de histeria se le escapó de la garganta. Se humedeció los labios con la lengua. Tenía un hombre medio desnudo en su salón, un hombre cuyo cuerpo avergonzaría hasta a un dios griego.

Se sentía como una voyeur, pero le resultaba imposible contenerse. Miró con curiosidad la figura que dormía sobre su sillón. Estaba tumbado hacia un lado, con un brazo por encima de la cabeza. Su constitución era poderosa, pero esbelta y no tenía ni un gramo de grasa sobre el reluciente torso que pudiera ocultar el perfecto desarrollo muscular, el amplio tórax, los poderosos hombros y un vientre liso cubierto de moldeados músculos. Tenía un cuerpo perfectamente tonificado, el cuerpo de un atleta en la cumbre de sus facultades.

Eva se acercó y contuvo el aliento. De cerca, el aspecto bronceado de su piel tenía un brillo satinado. El ligero vello que le cubría el torso terminaba en una fina línea que le recorría el vientre como una flecha y que desaparecía por debajo de la cinturilla de los pantalones. El poderoso tórax subía y bajaba al compás de su profunda respiración.

Eva deseó que sus propios ojos no siguieran la dirección que marcaba aquella línea. Dado el efecto que aquel torso desnudo tenía sobre ella, era una suerte que él se hubiera quedado dormido antes de seguir quitándose más ropa.

De repente, él lanzó un gemido y cambió de postura, provocando que los músculos se le ondularan acompasadamente. La reacción que tuvo Eva fue devastadora. Una profunda oleada de deseo le recorrió el cuerpo sin que ella pudiera evitarlo.

Muy avergonzada, lo cubrió con la manta evitando cualquier forma de contacto físico entre ellos. Sin dejar de mirarlo, se inclinó para recoger la ropa que había sobre el suelo. Sin poder evitarlo, se llevó la suave camisa de seda al rostro para aspirar su aroma. Entonces, se dio cuenta de lo que estaba haciendo.

–¡Tienes un verdadero problema, Eva! –se dijo mientras doblaba las prendas y las colocaba sobre el respaldo de una silla.

Antes de apagar la luz, lo miró por última vez y se marchó de puntillas. Tras poner la mano sobre el pomo de la puerta, se dio la vuelta y, aprovechando la luz que salía de su habitación, regresó para apagar la lámpara de pie que se le había quedado encendida.

Lo miró una vez más sin poder evitarlo. El rostro del príncipe en reposo ejercía una fascinación prácticamente hipnótica sobre ella. Aquella boca... Exhaló un suspiro. Realmente, era un hombre muy guapo.

Normalmente se decía que el poder y la riqueza eran magníficos afrodisíacos. Karim Al-Nasr poseía las dos cosas en abundancia, pero, francamente, no necesitaba su ayuda. Aunque hubiera nacido en una familia humilde, las mujeres habrían seguido cayendo en sus redes como moscas.

Se preguntó si habría alguna mujer particular en su vida. ¿Alteraría el matrimonio esa situación?

Decidió no seguir pensando en el tema y se metió en su habitación. No le sorprendió que le resultara imposible conciliar el sueño. Tenía un hombre durmiendo en su salón, precisamente el hombre con el que a su abuelo le gustaría verla casada. Hasta aquel momento, había considerado al rey Hassan un hombre completamente irracional. La velada no había sido lo que ella había esperado, pero, ¿quién podía haber previsto lo que había ocurrido en realidad?

Mientras daba vueltas en la cama, no podía dejar de pensar si había hecho lo correcto. ¿Y si el golpe que se había dado en la cabeza era más grave de lo que parecía? Además, por lo que sabía de él, Karim podría ser un maníaco homicida. Se consoló pensando que él no estaba en situación de hacerle mucho daño. Además, a pesar de que no era una experta en el tema, le resultaba más probable que la condición en la que él se encontraba tuviera más que ver con la falta de sueño que con algo más peligroso.

Se preguntó por qué parecía tenerle tanta aversión a los médicos.

Sacudió la cabeza con impaciencia. Si iba a permanecer tumbada en la cama, analizando todo lo que él había dicho o hecho, no iba a conseguir dormir nunca. La respuesta podría ser algo tan sencillo como que él había estado demasiado tiempo de juerga.

No obstante, no parecía esa clase de hombre, a menos que sus juergas tuvieran que ver con el sexo. La imagen de sensualidad que proyectaba no hacía pensar que fuera precisamente ajeno a los placeres carnales. Al pensar en este punto, experimentó una extraña sensación en el vientre.

Seguramente, por la mañana, cuando se despertara, volvería a ser el de siempre, fuera éste cual fuera. No podía sentir una ligera curiosidad.

Pensó en volver al salón para ver cómo estaba, pero una vocecilla en el interior de su cabeza puso en duda su motivación, por lo que decidió quedarse en la cama.

Se quedó dormida en algún momento de la noche, aunque su sueño no fue muy reparador. Cuando se despertó a la mañana siguiente, vio que la luz del nuevo día ya se filtraba por las cortinas. Bostezó y comenzó a estirarse. Entonces, recordó lo ocurrido la noche anterior y, justo en el mismo momento, notó que el colchón crujía suavemente. Sin embargo, ella no se estaba moviendo. Siguió sin moverse y entonces los latidos del corazón se le aceleraron al notar la respiración de alguien que no era ella.

El sonido estaba muy cerca de ella. Tragó saliva y contuvo sus deseos de gritar. Había alguien en su dormitorio. El colchón cedió... ¡Había alguien en su cama!

Al borde de la histeria, le resultó imposible moverse o abrir los ojos. Trató de tranquilizarse al tiempo que se recordaba que no podía quedarse allí sin hacer nada. Cuando se sintió mejor, abrió los ojos.

Dios mío...

Aunque había estado medio preparada, ver al príncipe Karim Al-Nasr en su cama le produjo una verdadera conmoción.

Él respiraba profundamente, lo que sugería que no iba a despertarse en un futuro próximo. Lo único que ella tenía que hacer era levantarse de la cama sin que él se despertara. Así, conseguiría evitar la vergüenza para ambos.

Pensó cómo habría podido terminar en la cama a su lado. Suponía que se había levantado medio dormido y había buscado instintivamente un lugar más cómodo para acostarse. La cama de Eva era el lugar más evidente.

«No se ha tratado de nada personal ni de la atracción de mi cuerpo», se recordó. Cuando por fin tenía un hombre en la cama, resultaba que él estaba inconsciente y que ella ni siquiera había sabido que se encontraba allí. No contaba.

Sin dejar de mirarlo, comenzó a deslizarse suavemente hacia el borde de la cama. Estaba a punto de conseguir su objetivo cuando él gimió en sueños y cambió de posición. Eva no se podía creer que él le hubiera colocado un brazo por encima de la cintura. Un segundo más tarde, un pesado muslo cayó encima de ella, inmovilizándola completamente contra la cama.

Había empezado a considerar qué era lo que podía hacer cuando él extendió los brazos y la estrechó contra su cuerpo. Sus cuerpos chocaron y él la moldeó inmediatamente contra su piel. Eva se quedó completamente inmóvil. Entonces, algo le impidió seguir moviéndose.

Aquel algo tenía mucho que ver con la embriagadora novedad de verse abrazada por un hombre en la cama... ¿O acaso la sensación tenía que ver sólo con aquel hombre en particular?

Sin querer encontrar la respuesta, permaneció allí tumbada, respirando todo lo delicadamente que podía para que él no despertara. El cuerpo era firme, duro y no pudo evitar preguntarse qué se sentiría bajo aquel peso, inmovilizada contra el colchón. Ese pensamiento hizo que le subiera la temperatura. Estaba segura de que si tocaba la piel del príncipe, se quemaría...

Necesitaba tranquilizarse, refrescarse. Sentirse a salvo del aroma que desprendía su piel. Lo miró de reojo y se quedó asombrada por la longitud de sus pestañas. Vio también que un mechón de cabello le caía sobre el rostro y levantó la mano con la intención de apartárselo...

¿Qué estaba haciendo?

Trató de apartarse y, al mismo tiempo, sintió que él la agarraba con fuerza. El pánico se apoderó de ella... ¡Se estaba despertando!

Presa del pánico, le dio un codazo en las costillas.

–Lo siento –susurró mientras trataba de zafarse del peso del brazo que la aprisionaba. Entonces, sin previo aviso, él le ocultó el rostro entre el cabello.

Eva cerró con fuerza los ojos al notar la boca de Karim contra la piel del cuello. Entonces, la mano de él comenzó a deslizársele por debajo de la camiseta del pijama para cubrirle un seno. Ella sintió que se deshacía por dentro cuando él comenzó a acariciarle un pezón con el pulgar y, sin que pudiera evitarlo, se le escapó un gemido casi salvaje de entre los labios.

–No... Sí... esto es...

Trató de moverse, pero sólo consiguió que él la agarrara con más fuerza. Quería hacerle el amor a un completo desconocido. Cuando comprendió este pensamiento, volvió de golpe a la realidad.

–¡Despierte!

Su exclamación pareció producir un cierto efecto. Él dejó de mordisquearle el cuello y levantó la cabeza. Abrió los ojos y miró a los de ella.

–Me llamo Eva. ¿Cómo está su cabeza, señor... príncipe?

Fue lo único que pudo decir.

Justo en aquel momento, Luke entró en el dormitorio haciendo equilibrios con dos cafés y una bandeja de cruasanes.

–He llamado y como he visto que no me abrías, he utilizado mi llave. Te traigo una ofrenda de paz. ¿Sabes que ya llegas tarde para la tutoría, Evie?

Luke levantó la cabeza y abrió los ojos mucho más de lo que parecía posible al ver a la pareja en la cama.

–¡Huy! –gritó. Entonces, giró sobre sí mismo y se marchó por donde había entrado.

Eva lanzó un gemido de angustia y se sentó en la cama. Estaba completamente sonrojada. Llamó a Luke a gritos.

–¡Esto no es lo que parece, Luke!

–En ese caso, tu novio es especialmente ingenuo, ¿no? ¿O acaso es de los que lo perdonan todo?

Eva lo miró. Tenía un brazo curvado por encima de la cabeza y, con la otra mano, se tocaba la brecha de la cabeza. Había desaparecido el aire de vulnerabilidad de la noche anterior y se había visto reemplazado por una expresión irónica y una sonrisa burlona y muy desagradable.

Él sí que no parecía de los que perdonaban, sino de los que no olvidaban nunca.

Pasaron varios segundos antes de que ella se diera cuenta de que él le estaba mirando el escote. Se sonrojó una vez más y se agarró la tela con una mano. Con la otra, apartó el edredón y se levantó de la cama. Su expresión de indignación produjo una descarada sonrisa en Karim.

–Anoche... tú estabas...

–Anoche –repitió él.

Eva notó el momento exacto en el que él la reconocía. La expresión burlona desapareció de su rostro.

–Eres la princesa perdida del rey Hassan.

–No estoy perdida. Vivo aquí.

–Pero estás pensando en ascender en el mundo, ¿verdad, princesa? –comentó él mirando a su alrededor.

Eva no entendió lo que él le había querido decir.

No pudo intentar descifrarlo porque los ruidos que oía en el exterior de la habitación le indicaban que Luke acababa de echar el pestillo de su puerta principal.

Entonces, Karim se sentó en la cama. Acababa de recordar sus responsabilidades. Si no estaba al lado de su hija Amira cuando se despertara, jamás se lo perdonaría.

–¿Qué hora es? –le preguntó, mirándola con desprecio. Entonces, apartó el edredón y se levantó de la cama con un fluido movimiento.

Eva trató de no mirar. El cuerpo de Karim soportaba perfectamente el escrutinio a la luz del día. Era perfecto. El hecho de que él estuviera deseando marcharse no resultaba muy halagador para su ego, pero tenía que reconocer que estaba rogando para que él se fuera.

–No lo sé –dijo–. Mira, no voy a tardar ni un minuto...

Salió corriendo para ir a alcanzar a Luke. Aunque no tenía que responder ante nadie sobre el hombre con el que quisiera compartir su cama, que hasta aquel momento no era nadie, sentía la urgente necesidad de aclarar lo sucedido. No quería que Luke se marchara pensando una idea equivocada.

Capítulo 5

KARIM se dirigió al minúsculo salón y miró la hora en el reloj que había sobre la repisa de la chimenea. Hizo un gesto de arrepentimiento y de culpabilidad al pensar que Amira podría haberse despertado sin que él estuviera presente.

¿Por qué? A pesar de que no recordaba mucho, no hacía falta un análisis muy profundo. Sólo le hacían falta las imágenes que recordaba al despertar para comprender lo ocurrido. Esbeltos y pálidos miembros, cálidas y suaves curvas, piel como la seda...

Se despreció profundamente por el hecho de que su cuerpo respondiera y se endureciera con aquellos recuerdos. Durante sus baldíos años de matrimonio, había convertido el control de sus pasiones en un arte, pero, inexplicablemente, ese control lo había abandonado en el peor momento posible.

Tensó los músculos de la mandíbula al considerar lo que aquel momento de inexplicable debilidad combinado con las maquinaciones de una mujer iba a costarle. La ironía era que ni siquiera recordaba el placer por el que estaba a punto de pagar un precio tan caro. Esa parte de la noche permanecía completamente ausente para él.

No podía decir lo mismo del resto de la noche. Se acercó a la ventana y vio que el coche seguía allí.

Eso sí era real. Se apartó y se preguntó cuánto tiempo tardarían los guardaespaldas en informar al rey Hassan de que su nieta había pasado la noche con Karim Al-Nasr.

No tenía ninguna duda sobre cuál sería la reacción del monarca. El rey de Azharim consideraba que el honor y la tradición eran asuntos de máxima importancia. Karim lo había insultado y sólo una respuesta convertía el insulto en algo que se pudiera perdonar.

Karim cerró los ojos y se recriminó en silencio por sus actos. ¿Acaso estaba predestinado a cometer el mismo error una y otra vez? Fuera como fuera, sólo le quedaba aceptar la responsabilidad de sus actos.

Decidió no seguir pensando en aquel asunto y trató de calcular el tiempo que tardaría en llegar al hospital. Encontró su chaqueta y sacó el teléfono móvil del bolsillo. Marcó el número de Tariq mientras se ponía la camisa. Aún estaba húmeda, lo que le recordó la lluvia y la caminata de la noche anterior.

Su asistente contestó casi inmediatamente. Karim se sujetó el teléfono con el hombro mientras se abotonaba la camisa. Al escuchar su voz, Tariq suspiró aliviado. Entonces, se disculpó una y otra vez por lo ocurrido la noche anterior.

–Fui yo quien se zafó de los guardias anoche, Tariq. Tú no eres responsable de eso. Ya no soy un niño –le dijo. Conocía a Tariq desde que tenía diez años–. Sé cuidarme solo.

Lejos de tranquilizarse, Tariq pareció más agitado que nunca.

–Cuando descubrimos la habitación vacía, no sabíamos adónde se había ido y pensé... Esto es culpa mía. Lo siento mucho. Hice lo que creía que era mejor.

–¿Mejor? –preguntó Karim, muy sorprendido.

–¿Se acuerda de la sedación... de la medicina para dormir que le recetó el médico del hospital?

–Recuerdo haberla tirado...

–Yo la recuperé.

–La recuperaste –repitió Karim. De repente, comprendió todo lo ocurrido.

–Sí, y la puse en su infusión.

Karim suspiró. Al menos ya sabía por qué había estado recorriendo las calles sin rumbo alguno. ¡No había sido locura temporal, sino una medicina!

–Tenía mucho miedo de que usted hubiera sufrido algún daño...

–Veo que tienes muchos recursos...

Si hubiera sido otra persona la que hubiera ocasionado aquella situación, Karim no habría dudado un instante en despedirla.

–Por supuesto, presentaré oficialmente mi dimisión y, mientras tanto...

–Mientras tanto, Tariq, me enviarás un coche al piso 11A de Church Mansions. Si me vuelves a drogar otra vez, te aseguro que nuestra separación será permanente.

–Sí, príncipe Karim –dijo Tariq con fervor, después de una pequeña pausa.

¿Cómo podía castigar a un hombre que siempre pensaba en sus intereses, un hombre que le ofrecía una lealtad desinteresada?

–¿Se ha despertado ya Amira?

–No, no... sigue dormida. Church Mansions... ¿No es ésa la dirección de la casa donde vive la nieta del rey Hassan?

–Así es. Tú, Tariq, puedes ser el primero en darme la enhorabuena. Si el rey Hassan trata de ponerse en contacto conmigo antes de que regrese, dale recuerdos de mi parte y dile que hablaré con él personalmente cuando tenga la primera oportunidad.

Se metió el teléfono de nuevo en el bolsillo cuando notó que el sonido de las voces que provenían del pasillo se había detenido por completo. Entonces, oyó el clic de la puerta principal.

Sintió que ella volvía a entrar en el salón. Notó que lo miraba, pero no giró inmediatamente la cabeza. Cuando Karim lo hizo, la sorprendió dando un paso hacia él, con la incertidumbre reflejada en los ojos verdes.

–Luke se ha ido –susurró ella. Su compañero no había creído ni una sola palabra de lo que ella había dicho.

Lo único bueno de todo aquello era que Luke no iba a seguir hablando de su virginidad. En lo sucesivo, se mencionarían las aventuras de una noche, que, sorprendentemente, resultaban menos embarazosas.

–Tengo que marcharme. Llego tarde. Hablaremos de esta situación en otro momento.

–No creo que haya mucho de lo que hablar, ¿no?

Karim estaba abrochándose la chaqueta. Se detuvo en seco y la miró con una expresión de profunda incredulidad. Ella se encogió de hombros. No comprendía tan inexplicable hostilidad.

–Bueno, no lo creo –insistió ella.

–Deja de hacerte la inocente –le espetó él.

Eva parpadeó. Se sentía completamente perpleja.

–Mira, me encantaría poder responderte con otro insulto, pero no sé de qué estás hablando.

–No me gustan los fingimientos...

Entonces, se metió la mano en la chaqueta con un gesto de perplejidad. Cuando la sacó, tenía un par de bóxer que estropearon por completo su impoluta apariencia. Eva se sintió completamente avergonzada. Deseó que se la tragara la tierra.

Él le mostró los bóxer, que eran de un color rojo brillante, como si tuvieran una enfermedad contagiosa.

–Creo que no son míos –comentó.

Por supuesto que no. El problema era que Eva se podía imaginar a Karim perfectamente con ellos puestos y también sin ellos.

«Estoy perdiendo la cabeza. Es la única explicación».

Eva observó la prenda que Karim tenía entre los dedos y se sonrojó profundamente. ¿Cómo era posible que el día anterior le hubiera parecido buena idea dejar cosas de Luke esparcidas por toda la casa?

Abrió la boca para ofrecerle una explicación, pero, de repente, le pareció que no tenía por qué dársela. Karim no tenía ningún derecho a observarla como si tuviera más moral que ella. De hecho, estaba dispuesta a apostar que, en aquel terreno, ella podría enseñarle a él una cuantas cosas.

Se preguntó por qué se sentía tan indignada, pero, en vez de contestar, decidió adoptar una expresión de neutralidad. Le dio las gracias en voz muy baja.

Karim pareció visiblemente sorprendido por la

tranquila dignidad de su respuesta, pero la sensación no duró. Él había disfrutado de su libertad con muchas mujeres tan liberales como Eva, pero jamás le había preocupado el hecho de que tuvieran amantes anteriores. Por eso, se sentía muy poco preparado para la ira profunda que sintió al imaginarse el número de hombres que podrían haber ocupado la cama de Eva antes que él. Le enfurecía imaginarse las manos de otro hombre acariciando sus altos y firmes pechos.

–Debes de tener una caja de objetos perdidos bastante repleta.

Eva le arrebató los calzoncillos con un rápido y furioso movimiento. Se los metió en el bolsillo del albornoz.

–Yo no soy la perdida.

Él tampoco lo parecía. Eva sintió un escalofrío por la espalda. Karim parecía un hombre muy peligroso.

–Si te preocupa tu reputación, no tienes por qué –afirmó ella–. Luke no dirá nada.

Al menos eso esperaba. Luke tenía muchas buenas cualidades, pero Eva sabía que guardarse una historia no era una de ellas.

–Entonces, ¿es ese Luke el dueño de...? –le preguntó Karim, indicando con un brusco movimiento de cabeza la tela roja que le sobresalía a Eva del bolsillo del albornoz.

Ella se sintió insultada. Si él quería pensar que había tantos hombres en su vida como para que no pudiera recordar de quién era la ropa interior, que lo pensara.

–Bueno, no estoy del todo segura, pero es su estilo. Por cierto, Luke es un amigo –añadió, con cierto desafío. A continuación, se dirigió a la puerta y la abrió con una fría sonrisa–. Te diría que ha sido un placer, pero...

–No entiendo por qué te muestras tan antipática conmigo –comentó él–. Has conseguido lo que buscabas.

Eva frunció el ceño.

–¿Y qué es exactamente lo que he conseguido?

–Puede que descubras que el matrimonio no es lo que tú esperas.

–¿Matrimonio? –repitió ella. Entonces, lanzó una carcajada–. ¿Acaso estás loco o es ésa la idea que tienes de una broma? No va a haber matrimonio alguno. Sólo accedí a verte porque mi abuelo me lo pidió. Simplemente por cortesía.

Karim hizo un gesto con la cabeza y señaló al dormitorio.

–Pues tienes una idea muy interesante sobre lo que es la cortesía.

Eva lo miró horrorizada.

–¿Crees que nos hemos acostado juntos?

La reacción de Eva pareció tan genuina que Karim se vio obligado a considerar por primera vez la remota posibilidad de que ella no hubiera pensado en las consecuencias cuando le permitió que compartiera la cama con él. No obstante, este hecho era impensable para él. Karim no recordaba ni una sola situación en toda su vida en la que no hubiera sido consciente de las consecuencias de sus actos.

–Bueno, es lo que suelo pensar cuando me despierto en la cama de una mujer.

Eva entornó los ojos.

–De verdad crees que eres todo un partido, ¿verdad? Bueno, para tu información, te equivocarías si pensaras esto.

–¿Acaso no pude? –preguntó él. Parecía más divertido que martirizado por la idea.

–¡No tengo ni idea de qué eres tú capaz! –replicó Eva. Se sentía muy incómoda con la dirección que estaba tomando aquella conversación. Karim, por el contrario, no parecía en absoluto afectado–. Ni tengo deseos de saberlo.

Karim trató de contenerse para no reaccionar ante tan descarada falsedad. Suponía que ella creía que podía ganar algo, aunque él no imaginaba qué, fingiendo que la tensión sexual que había entre ellos y que incluso en aquellos momentos resultaba algo casi tangible, no existía.

–Entonces, ése es el mensaje que estabas tratando de comunicar cuando me estabas manoseando –comentó él, con una cínica sonrisa mientras le recorría el cuerpo de la cabeza a los pies.

–¡Pero si eras tú el que me estaba tocando a mí! –exclamó ella. Tragó saliva al recordar cómo le recorría la piel con los labios–. Me desperté y te encontré en mi cama. Supongo que te levantaste sonámbulo o algo así y luego me agarraste.

–¿Acaso te resististe tú a lo que yo te hacía?

Eva apretó los labios. Decidió que era mejor no entrar en detalles y limitarse a repetir los hechos principales.

–No nos acostamos juntos. Nada más. Tú estabas... Bueno, en realidad no sé lo que te pasaba, pero estabas fatal. Antes de que pudiera averiguar qué era lo que te ocurría, te quedaste dormido en mi sillón

–Me cuentas una historia muy bonita y me gustaría creerte, pero...

–Pero no crees ni una palabra de lo que te estoy diciendo, ¿verdad?

Karim se encogió de hombros.

–Bueno, sólo puedo decirte que no fue en ese sillón donde me desperté, *ma belle*.

–Y te aseguro que yo no me acuesto con hombres a los que acabo de conocer, en especial cuando son egocéntricos, arrogantes...

–La simpatía no es necesaria para que el sexo sea bueno. A mí me pareció que encajábamos... bien.

Eva apretó los puños. Se sentía demasiado furiosa, y afectada por aquellas palabras, como para poder contestar.

–Está bien. Confieso. Me aproveché de tu débil condición –dijo. Prefirió refugiarse en el sarcasmo.

–Eso es mucho más probable que el hecho de que yo me metiera sonámbulo en tu cama

–Es imposible que creas que de verdad deseo casarme contigo –afirmó ella–. Mira, como ya te he dicho, sólo acepté conocerte por cortesía, porque mi abuelo... –se interrumpió y soltó una carcajada–. Dios, no sé cómo le pudo parecer que nosotros íbamos a encajar... pero me imagino que ve un lado completamente diferente de ti.

Karim entornó la mirada.

–Me imagino que lo mismo le ocurre contigo. No sé por qué tolera tu estilo de vida. Yo ciertamente no lo haría. Mira, tienes que admitir que viste una oportunidad y que decidiste aprovecharla. No te puedo culpar por ello...

Eva parpadeó al escuchar aquellas palabras. Abrió

la boca para preguntarle de qué diablos estaba hablando, pero él añadió:

–No esperes que te admire, princesa. Nos hemos divertido y ahora los dos tenemos que pagar el precio.

–¡Yo no me he divertido!

El hecho de que Eva le interrumpiera provocó en Karim una mirada de irritación.

–Sabes tan bien como yo que cuando tu abuelo sepa que hemos pasado la noche juntos...

–No hago más que repetirte que no ha pasado nada –exclamó ella con un gesto de profunda frustración–. ¡Nada en absoluto! ¿Por qué no me crees?

–Lo que yo pueda creer no es relevante. El rey Hassan...

–El rey Hassan no sabrá nada a menos que tú se lo digas.

Karim apretó la mandíbula. Le molestaba que ella siguiera fingiendo su ingenuidad.

–No creo que eso sea necesario. Me imagino que tus guardaespaldas ya le habrán dado todos los detalles.

–Yo no tengo guardaespaldas –afirmó ella, con un brillo de triunfo en los ojos–. En el mundo de las princesas soy una recién llegada, pero mi abuelo sabe que soy perfectamente capaz de cuidarme sola.

–Entonces, los hombres que están sentados en el coche que hay aparcado en la calle son solamente decorativos.

Eva lo miró muy sorprendida.

–¿Coche? –preguntó, tratando de no soltar la carcajada–. ¿Qué coche?

–Ése –dijo él señalando a través del cristal de la ventana.

–Estamos en una calle normal y corriente. La gente aparca donde quiere –dijo ella. Sólo para demostrárselo, se acercó a la ventana y miró al exterior. Había un coche negro aparcado en la acera de enfrente. Frunció el ceño. ¿No había estado el mismo coche aparcado ahí la noche antes y también la anterior?

–Estoy seguro de que te has fijado en ese coche– Eva no supo qué responder. Se echó a reír con lo que esperaba sonara como una carcajada de desprecio.

–¿Y por qué iba a necesitar yo un equipo de guardaespaldas?

–Porque eres la nieta de un rey, porque en estos casos hay temas de seguridad pendientes, porque... ¿Quieres que siga?

–Nadie sabe quién soy –respondió ella encogiéndose de hombros–. Además, en realidad no soy una princesa. Simplemente se trata de un accidente de mi nacimiento.

–No sé si pensar que estás tratando de negarlo todo o que, simplemente, eres tonta.

–Y yo no sé si pensar que haces todo lo posible por incordiar todo lo que puedes o te sale sin que te esfuerces.

Esta réplica inesperada sorprendió a Karim. Parecía que no resultaba muy habitual que la gente le dijera que era un incordio. Era una pena. Un poco más de humildad lo convertiría en un ser algo más humano.

Eva levantó las manos y se las mostró.

–Mira, no lleno ni joyas ni corona. En realidad no soy un miembro de la familia real. De hecho, ni siquiera conocí a mi padre.

–Por lo que se dice de él, era un buen hombre.

Eva se distrajo momentáneamente por el comentario. Lo miró llena de felicidad.

–¿De verdad?

–Sí.

–¿No lo llegaste a conocer nunca?

–Cuando era niño –admitió Karim.

Eva suspiró suavemente.

–Ojalá lo hubiera conocido –susurró ella. Vio que Karim la estaba mirando. De repente, se sintió avergonzada, desnuda. Los ojos de Karim podían desnudar el alma de la gente. Por ello, levantó la barbilla y se echó a reír–. No creo que nadie vaya a escribir sobre mí en los periódicos sensacionalistas o que vaya a intentar secuestrarme.

Eva casi había logrado convencerlo hasta que aquella carcajada le puso de punta los cabellos de la nuca. ¡Nadie que se riera de aquel modo podía ser tan ingenuo!

–Entonces, no tenías ni idea de que unos guardaespaldas llevaban semanas siguiéndote.

–Meses –le corrigió ella–. Llevo dos meses en casa –añadió. La primera semana se había sentido algo nerviosa por el hecho de que se filtrara la noticia y que ella se viera en el centro de atención de la opinión pública. Sin embargo, como no ocurrió nada, se relajó.

Hasta aquel momento.

Miró con resentimiento el rostro de Karim, en el que se reflejaba una profunda ironía.

–¿Me estás llamando mentirosa? ¿De verdad? –le preguntó. De repente, el rostro se le había quedado muy pálido–. Crees que yo sabía que estaban informando sobre mí y que te dejé que te quedaras aquí porque quería comprometerte...

–¿Acaso no se te pasó algo así por la cabeza?

–Crees que planeé... ¿Cómo? Aunque quisiera casarme contigo –le espetó ella, agitando un dedo delante del rostro de Karim–, y permíteme que te diga que preferiría que me sacaran el bazo con una cuchara, ¿cómo iba yo a saber que te ibas a presentar en mi casa en medio de la noche con aspecto de estar...?

Karim se encogió de hombros. Se sacó el teléfono móvil del bolsillo porque había empezado a sonar.

–No te estoy acusando de ser una gran estratega, sino de ser simplemente una oportunista –dijo mientras miraba la pantalla del teléfono–. Esto tendrá que esperar. Llego tarde.

–Vaya –replicó ella algo molesta por el comentario–. Siento que tu horario se haya apretado tanto, pero te recuerdo que yo no te invité a pasar la noche en mi casa. Aunque, por supuesto, es imposible que lo recuerdes.

A Eva le parecía que Karim recordaba exclusivamente lo que a ella le interesaba y se estaba empezando a cansar de que él quisiera que se sintiera como una especie de mujer marcada.

–Y si no me doy prisa, yo también llegaré tarde a mi trabajo.

–¿Trabajo?

Karim pronunció la palabra como si se tratara de un concepto ajeno para él. Tal vez lo era. Tal vez no tenía ocupación alguna y dejaba que los demás se ocuparan de todas sus necesidades.

–Sí.

–Creía que eras estudiante.

–Así es, pero, como la mayoría de los estudiantes, incluso los que tienen becas, tengo un trabajo. En realidad, dos. Trabajo en un bar y paseo perros.

Karim frunció el ceño.

–Me sorprende que tu ábuelo lo permita.

–No le he pedido permiso.

–Estoy seguro de que no necesitas trabajar.

–Te aseguro que me gusta pagar mis cosas. Valoro mucho mi independencia. No estoy buscando a nadie que me cuide –dijo, enfatizando la palabra «nadie».

–Y yo, *ma belle,* también valoro mi independencia y no estaba buscando una esposa, pero, en ocasiones, un hombre debe exprimir al máximo una situación imperfecta.

Eva contuvo la respiración. Se sentía profundamente indignada.

–Te aseguro que para algunas personas no sería tan terrible tener que casarse conmigo.

Karim, que se había dirigido ya a la puerta, se dio la vuelta para mirarla.

–Eso lo entiendo perfectamente –susurró, mirándola fijamente. Entonces la observó durante unos instantes. A continuación, se dio la vuelta y se marchó sin decir palabra.

Eva soltó el aliento que llevaba unos instantes conteniendo. Suspiró. Tenía que admitir que Karim Al-Nasr sabía cómo llevar a cabo una salida. ¿Qué clase de comentario había sido ése? ¿Acaso estaba sugiriendo que le gustaría casarse con ella?

No obstante, a Eva eso no le importaba... ¿Verdad?

Frunció el ceño y se acercó lentamente a la ventana. Miró hacia la calle y vio cómo Karim salía del portal y se acercaba al vehículo que estaba estacionado. Dio un golpe en el techo y, casi inmediatamente, salieron dos hombres muy corpulentos.

Eva sonrió al ver que los dos hombres iban vestidos con camisetas y vaqueros. No eran guardaespaldas. ¡Karim se había equivocado!

Aquella sensación de triunfo le duró sólo un instante, lo que los dos hombres tardaron en hacerle una obsequiosa reverencia a Karim. Incluso cuando los dos permanecieron inmóviles, su actitud era de un profundo respeto.

Hablaron, o más bien escucharon, durante varios minutos. Luego, volvieron a meterse en el coche.

Karim giró la cabeza y miró hacia la ventana en la que Eva se encontraba. Ella dio un paso atrás mordiéndose el labio y se arrepintió de haberse asomado cuando pensaba en lo tonta que debía de haberle parecido. Esperó unos minutos antes de volver a asomarse.

Ya no había rastro ni de Karim ni de los hombres del coche.

–Bueno –suspiró–, creo que podríamos decir que la cita no ha ido bien.

Capítulo 6

PERDIDA en sus pensamientos y con la cabeza cubierta por una capucha para protegerse de la lluvia, Eva no vio el coche de cristales tintados hasta que éste aminoró la marcha y le salpicó la falda y las botas con agua embarrada.

–¡Estupendo! –exclamó. Aún le quedaba un perro por devolverle a su dueño y no creía que fuera a tener tiempo de regresar a su piso para cambiarse antes de empezar su turno en el bar del hotel.

–¡Entra!

Aquella brusca orden le hizo olvidarse de la falda manchada y del minúsculo perrito que se había metido en el bolsillo de su impermeable.

No se lo podía creer. La voz era la misma, pero perfectamente afeitado y con la cabeza cubierta por el tocado tradicional de su país parecía un hombre completamente distinto... aunque no lo suficiente como para hacerla considerar responder a esa orden. Se limitó a soltar una carcajada de total incredulidad.

Decidió ignorarle completamente y seguir su camino. Siguió caminando por la concurrida calle. Mientras andaba, notó que el coche había subido la ventanilla, pero que no dejaba de seguirla. Avanzaba a su lado a la misma velocidad que ella llevaba.

Nadie la ayudó.

Suspiró aliviada cuando llegó a una intersección aún más concurrida. El semáforo estaba en rojo para los peatones, pero en verde para el carril que ocupaba la limusina. Su alivio desapareció en un instante cuando vio que el enorme coche se detenía a su lado sin prestar atención alguna a los sonidos de impaciencia de los cláxones de los demás conductores.

–¡Márchate! –le gritó Eva.

La ventana se bajó.

–¿Por qué huyes de mí?

–No estoy huyendo. Simplemente me voy a mi casa.

–¿Has pensando en hacer ejercicio con regularidad? –le preguntó Karim al ver lo agitada que tenía la respiración.

–¿Y se te ha ocurrido a ti alguna vez aceptar una indirecta? –replicó ella–. Y, para tu información, te aseguro que estoy bastante en forma, aunque no tenga el estómago como una tabla de lavar –añadió. Sin que pudiera evitarlo, una inconveniente imagen del esbelto y fuerte cuerpo de Karim acudió a su imaginación–. Además, da la casualidad de que pienso que las personas que se obsesionan con su cuerpo son narcisistas y aburridas.

–Yo también.

Eva soltó una carcajada.

–¿Quieres que crea que tu tableta de chocolate es natural?

–Me halaga pensar que mi... tableta de chocolate

haya podido ocupar tus pensamientos, pero no quiero hablar de mi régimen de ejercicios. Me gusta tu cuerpo —añadió, sin pensar—. ¿A qué hombre no le gustaría?

Eva se sonrojó vivamente.

—Métete en el coche, Eva...

—Sí —gritó el hombre que había en el vehículo de detrás—. Haznos un favor a todos, Eva. Por el amor de Dios, ¡métete en el coche!

Varias voces apoyaron el comentario.

La puerta de la limusina se abrió, ofreciéndole una silenciosa invitación.

—Sé que me voy a arrepentir de esto —dijo Eva, arrojando su bolso al interior. Obtuvo cierta satisfacción por el hecho de que éste le golpeó de pleno en el pecho.

Mientras el coche comenzaba a avanzar lentamente, Eva mantuvo la mano sobre la manilla de la puerta.

—¿Estás pensando en saltar?

Eva ignoró aquel comentario y se dirigió a él con una expresión neutra en el rostro.

—Si tienes algo que decir, dilo. Me quiero ir a mi casa.

—Eso podría no ser posible.

Karim vio una cierta expresión de incertidumbre en sus ojos, pero inmediatamente ella levantó la barbilla con gesto desafiante. Tuvo que contener una cierta admiración. La princesa perdida tenía espíritu.

—¿Acaso quieres meterme miedo? ¿Qué es esto? —le preguntó, cuando él le colocó un periódico sin ceremonia alguna sobre el regazo.

Al ver los titulares, sintió una fuerte aprensión. Una expresión gélida le recorrió la espalda. Dos frases llamaron su atención. *PRINCESA VIRGEN* y *NOCHE DE PASIÓN.*

Cerró los ojos al comprender a quién se referían y quiso morirse.

–Es uno de los periódicos sensacionalistas de mañana. Dentro de pone aún mejor –dijo él.

–¿De mañana?

–Léelo. Te ahorrará más explicaciones.

–Ya he visto más que suficiente. Siento ganas de vomitar. No pueden escribir esta clase de cosas, ¿verdad? Tú les dirás que todo es mentira.

–El editor del periódico me lo ha dado como gesto de cortesía. Por lo menos eso fue lo que él me dijo, pero estoy seguro de que estaba esperando una contestación. ¿Por qué iba a hacerlo?

–Entonces, ¿no le dijiste que son todo mentiras?

Karim suspiró y murmuró algo en su idioma.

–Ésta es una versión de la verdad y, francamente, resulta mucho más creíble que la tuya.

–Siento náuseas...

–Pues sigue sintiéndolas, pero hazme el favor de controlarte.

Aquella dura respuesta hizo que Eva lo mirara con los ojos entornados.

–¿Cómo se han enterado de esto? –preguntó ella con incredulidad.

–Por tu reacción, supongo que puedo descartar la posibilidad de que la fuente seas tú.

Eva no fue consciente de que hubiera levantado la mano hasta que él le atrapó la muñeca.

–Mala idea.

Ella retorció la muñeca hasta que consiguió que Karim se la soltara. Entonces, permaneció en silencio, frotándosela.

–¿De verdad pensaste que yo...?

–Era una posibilidad, pero tu amigo fue siempre para mí el candidato evidente.

–¡Luke! Él jamás traicionaría...

–Te sorprendería saber con qué frecuencia la gente es capaz de traicionar cuando hay un cheque de por medio... y a veces ni siquiera hace falta el cheque. El ansia de venganza es más que suficiente.

Eva negó con la cabeza.

–Luke es la persona menos avariciosa que conozco. Él no sería capaz de...

Se detuvo en seco. Acababa de recordar lo dispuesto que estaba siempre a contarle a todo el mundo la historia de su vida después de un par de cervezas.

–Tal vez sí –comentó Karim, tras leer las dudas en el rostro de Eva.

–Sí, es cierto. Es posible que la información se filtrara a través de Luke, pero te aseguro que no lo hizo deliberadamente y, ciertamente no por dinero. No sería capaz.

Karim, cuya antipatía inicial por el amigo de Eva no se había desvanecido en las últimas horas, la observó con escepticismo.

–Veo que tienes mucha fe en tu novio.

–No es mi novio...

–Es decir, vuestra relación no es exclusiva, pero lleváis juntos durante...

–Hace bastante tiempo que conozco a Luke y no es... ¿Qué es lo que te pasa? ¿Es que te resulta imposible pensar que un hombre y una mujer puedan ser simplemente amigos?

–Sí.

–Sólo porque tú consideres a las mujeres objetos sexuales...

Eva comenzó la frase, pero muy pronto perdió el hilo de lo que estaba diciendo cuando centró su mirada en el hermoso rostro de Karim.

–La amistad entre...

No pudo seguir. Karim tenía la sensualidad grabada en cada rasgo de su piel. Podría ser que a algunas mujeres no les importara que él las considerara objetos sexuales... seguramente bastantes mujeres.

–Nunca he fingido ser un hombre moderno.

–Eres un representante de la Prehistoria...

–¿Y eso es malo? Si tienes alguna duda, ve a la página ocho del periódico. Creo que las respuestas múltiples a esta pregunta te dirán si te excita un hombre contemporáneo que esté en contacto con su lado más femenino o si eres una de las muchas a las que las atrae mucho más un macho dominante como amante.

–Muy gracioso –comentó ella–. Página ocho... ¿Es que hay más dentro?

–Oh, sí. Bastante más. Me gusta especialmente el artículo más íntimo de la página cinco...

Eva hojeó el periódico y se quedó pálida.

–¡Esto no me hace ninguna gracia!

El anonimato de su vida de antaño había desaparecido para siempre. Las consecuencias serían mucho más graves que el hecho de que la siguieran unos guardaespaldas.

–¿Y acaso crees que a mí me gusta?

–¡Todo esto es culpa tuya! –lo acusó casi sin saber lo que decía.

–¿Y en qué basas esa acusación?

–Yo soy una persona corriente. Los periodistas no escriben sobre mí en los periódicos sensacionalistas. ¿Es esto de verdad?

–Tu falta de realismo está empezando a irritarme. Tu padre era un príncipe. Formas parte de una poderosa familia. Tus actos tienen consecuencias y no has pasado la noche con un cualquiera. La has pasado conmigo.

–¡Tienes que hacer algo para evitar que lo publiquen!

–Te recuerdo que existe la libertad de prensa.

–¡Pero si todo es mentira!

–¿Y acaso crees que eso importa?

–¡Por supuesto que sí importa!

–¡No seas tan ingenua!

–¡No soy ingenua! ¿Podríamos por lo menos demandarlos?

–Buena idea –dijo él, con ironía–, si lo que hubieran escrito no fuera esencialmente cierto.

–¡Cierto! ¡Es una mentira total! –exclamó ella. Abrió el periódico y encontró un titular–. Está bien –añadió mientras señalaba con el dedo–, para empezar, yo no soy...

–Virgen. Eso es cierto –dijo él saliéndose por la tangente–, pero tienes que reconocer que lo de la princesa virgen es un buen titular. No obstante, me imagino que todos los amantes que has tenido saldrán muy pronto a desmentirlo, por lo que demandarlos por esto sería una tontería... ¿Acaso crees que no impediría que publicaran esto si pudiera? No puedo hacerlo. Tu abuelo esperaba que, poco a poco, fueras aceptando que tu vida tiene que cambiar. Evidentemente, no valoró lo testaruda que eras... o puede que no valorara lo suficiente tu inteligencia...

Eva le dedicó una mirada de desprecio, pero Karim siguió hablando antes de que ella pudiera responderle.

–Ahora acepta que fue un error.

–¿Has estado hablando de mí con mi abuelo? ¡Cómo te atreves!

–El anuncio de nuestro matrimonio aparecerá mañana en los canales adecuados.

Eva se quedó sin palabras. Resultaba increíble, pero parecía convencido de que ella iba a aceptar.

–Y supongo que no puedo negarme.

–No. Ahora si no te importa, tengo cosas que hacer.

Entonces, Karim se reclinó sobre su asiento y cerró los ojos.

Eva apretó los dientes y le dedicó una mirada de odio. ¿De verdad creía que iba a permanecer impasible ante tamaña manipulación?

–Claro que me importa –le espetó ella–. Permíteme que te diga...

Karim abrió los ojos.

–No. Te lo voy a decir yo a ti, princesa. O, mejor, déjame que te lo muestre...

–¿Mostrarme? –repitió. No pudo entender ni una palabra de lo que le dijo al chófer–. ¿Qué estás haciendo? ¿Qué es lo que le has dicho? ¡Detén este coche inmediatamente!

Tiró de la manilla de la puerta, pero no consiguió

abrirla. Trató de contener el pánico que se había apoderado de ella.

–¿Sabes que en este país tenemos leyes referentes al secuestro? ¿En qué mundo viviríamos todos si hiciéramos nuestras propias reglas según nos conviene?

–¿Quieres bajarte del coche? –le preguntó él de repente, tras recostarse de nuevo en su asiento–. Como quieras.

–¿Cómo dices? –replicó Eva mirándolo sin comprender.

–No te estoy secuestrando, sino rescatándote, princesa.

–Yo no necesito que me rescates. Y no soy ninguna princesa.

–Veo que es cierto que te cuesta aceptar la realidad, ¿verdad, princesa?

–Nada de esto es real –replicó ella. En cualquier momento se despertaría y ya no estaría junto a Karim.

–Es verdad que yo ya te he tocado, pero como, evidentemente, te cuesta aprender, creo que será mejor que me repita. Decir algo, aunque sea con convicción, no hace que se convierta en realidad, princesa.

–Te he dicho que no me llames así...

Eva lo miró a los ojos y sintió que perdía plenamente el control. Sintió deseos de volver a intentar abrir la puerta para arrojarse del vehículo.

–¡Te ruego que me lleves a casa! Yo...

No pudo continuar la frase cuando Karim se inclinó sobre ella. Eva se quedó completamente inmóvil. Dejó hasta de respirar, de pensar, pero siguió sintiendo... La sensualidad que estaba experimentando era tan fuerte que resultaba casi dolorosa. Tenía la cabeza suficientemente cerca de la de Eva como para que ella pudiera aspirar su aroma, como para que pudiera sentir el calor que emanaba de su cuerpo...

El momento no duró, pero fue lo suficientemente largo como para que un profundo letargo se adueñara de ella. De repente, la puerta se abrió.

Eva no se movió. Miró su vía de escape sin reaccionar. No podía dejar de pensar en la fuerza del brazo que le rozaba los senos.

Karim ya no la estaba tocando, pero ella era más consciente de la sensación de hormigueo en los pezones y del calor líquido que le mortificaba la entrepierna que antes. Karim era puro hueso y firme músculo, primitivo y masculino...

–No deberías oponerte a ello –susurró Karim–. El matrimonio no tiene por qué cambiar nada... Tú y yo hemos disfrutado del sexo fuera de los vínculos del matrimonio. No veo razón alguna para que no podamos seguir haciendo lo mismo estando casados.

–Haces que resulte muy tentador –replicó ella, asombrada de tanto cinismo.

–Aquí tienes la alternativa, Eva...

Ella miró hacia el exterior. Descubrió que el coche se había detenido al final de la calle donde ella vivía.

Su lugar de residencia, que siempre había sido tan tranquilo y silencioso, era un hervidero de gente. Eva parpadeó para tratar de comprender lo que estaba viendo. ¿Habría habido un accidente? ¿Un escape de gas? Tenía que ser algo muy serio para que hubiera cámaras de televisión por todas partes.

–Querías ir a casa.

–No entiendo qué es lo que ha ocurrido.

–Nosotros. Eso es lo que ha ocurrido.

–¡Dios mío...!

Resultaba difícil escuchar aquel susurro horrorizado y no sentir simpatía hacia ella. Sin embargo, Karim no mostró ninguna.

–¿Sigues queriendo marcharte a casa?

–¿De dónde ha salido tanta gente? ¿Por qué...?

–¿Por qué crees tú?

Eva sintió que el pánico se apoderaba de ella.

–¿Por mí?

–Una estudiante, hija de una famosa feminista, que no sabía quién era su padre y mucho menos que era una princesa... Aunque no tuvieras relación alguna conmigo, la historia haría correr ríos y ríos de tinta...

–Perderán interés. Yo soy sólo...

–Por la mañana, vendrán muchos más.

–¿Cuándo podré irme a mi casa?

–¿Cómo tengo que decírtelo? Todo el mundo de este país sabe dónde vives. Se publicarán fotos tuyas con coletas y aparatos dentales en periódicos y revistas. Tus amigos más íntimos contarán anécdotas sobre ti. Amantes de los que ya te habías olvidado saldrán por todas partes...

–No hay...

Se detuvo en seco. Cerró los ojos y se tapó la boca. Acababa de comprenderlo todo. La vida tal y como la conocía había terminado para siempre.

Sintió que el resentimiento se apoderaba de ella.

Abrió los ojos. Por un lado, sabía que era completamente irracional culpar a Karim de todo lo que estaba ocurriendo, pero necesitaba un chivo expiatorio. Karim tenía los hombros muy anchos.

Lo miró y no pudo evitar pensar que, efectivamente, eran muy anchos. Mientras tanto, trató de no imaginárselo sin camisa.

Capítulo 7

MUCHAS gracias por ayudarme a ver el lado positivo de todo esto –dijo Eva con ironía. Inyectó tranquilidad a su voz mientras apartaba la mirada de la surrealista escena que había al otro lado de la calle para observar el rostro de Karim.

Le sorprendió ver que en su rostro había algo parecido a un gesto de compasión.

–Te aseguro que, para eso, yo no soy tu hombre.

–No eres mi hombre en ningún caso –replicó ella, sin dudarlo.

–Podría serlo.

–Yo...

La ira que la había acompañado hasta entonces, protegiéndola, la abandonó de repente. La ira había sido su aislamiento, su protección. De repente, se sintió desnuda, vulnerable y mucho más sola de lo que lo había estado hasta entonces.

Agarró la mano de Karim y la apretó con fuerza, como si fuera lo único que podía salvarla de su destino.

–No puedo regresar a casa, ¿verdad? Nunca.

–No suele ser bueno regresar atrás o incluso quedarse inmóvil.

La voz de Karim sonó tan suave que resultaba

prácticamente irreconocible. Asió con fuerza la mano. Karim trató de mantener la objetividad mientras observaba cómo ella trataba de aceptar la realidad. Sabía lo duro que resultaba, aunque se estuviera acostumbrado a aquella clase de vida.

Un grito hizo que los dos centraran de nuevo su atención en el exterior.

—¡Es ella!

Todos los periodistas que había en la calle se volvieron para mirarla. Eva observó cómo todos comenzaban a avanzar en masa hacia ellos. Karim habló al conductor en árabe y se inclinó de nuevo sobre ella para cerrar la puerta.

—Tranquila —susurró. Le colocó una mano sobre la cabeza y ella se reclinó sobre su pecho. Estaba temblando.

—No puedo hacer esto. ¿Qué es lo que voy a tener que hacer ahora? ¿Esconderme durante el resto de mi vida? ¿Teñirme el cabello y ponerme gafas de sol?

Karim le miró el cabello y recordó cómo éste se le extendía sobre la almohada, enmarcándole el rostro. Tensó el rostro.

—No creo que eso sea necesario...

—Sólo era una broma. ¿Qué vamos a hacer ahora?

—Vamos a ir al hospital —dijo.

La miró y vio que ella estaba muy pálida. Sus ojos verde esmeralda resaltaban de un modo espectacular sobre aquel rostro de alabastro. La palidez servía para enfatizar la expresión de fragilidad que sugería su imagen.

—¿Al hospital?

—Sí.

—¿Por qué? ¿Estás enfermo?

–No, pero mi hija sí lo está.

–¿Tienes una hija? –preguntó ella muy sorprendida.

–¿Y por qué no iba a tenerla?

–No... no, claro. Simplemente no lo sabía. ¿Es que no está bien?

–No.

–Lo siento –susurró ella–. ¿Y tu esposa?

–Murió.

–Lo siento.

–Estuvimos casados casi siete años. Ella murió en un accidente de coche hace dos años. He tenido amantes desde entonces –comentó–. ¿Satisface eso tu curiosidad?

Eva se dio cuenta de que en aquel momento estaban entrando en un aparcamiento subterráneo. Parecían ser el único vehículo que había en el interior.

–Si quieres ir a visitarla, yo te esperaré en el coche. No te preocupes por mí. Me agacharé si se acerca alguien a mirar.

–Admiro tu ingenuidad, pero no habrá más coches. Y tú te vienes conmigo –añadió, antes de que Eva pudiera preguntar el porqué de tal afirmación.

–Si tu hija está enferma, tal vez no quiera que la visite una desconocida.

–Visitaré a mi hija después de la ceremonia.

–¿De qué ceremonia estás hablando?

–De la boda civil. Cuando esa historia aparezca en los periódicos mañana, seremos marido y mujer.

Eva lo miró fijamente.

–¿Sabes una cosa? No pareces un loco.

–Y no lo soy. Sé que el lugar no es el adecuado.

El rey Hassan quería que esperáramos hasta que él llegue mañana, pero...

–¿Dices que mi abuelo va a venir...? ¿Qué es esto, una conspiración?

Claro que lo era. Karim siguió hablando.

–Nos conocimos en el palacio de tu abuelo el año pasado.

–¿Sí?

–Sí.

–Y supongo que sería amor a primera vista.

Karim ignoró la ironía de aquella interrupción.

–La ceremonia de boda oficial tuvo que posponerse cuando mi hija cayó enferma, pero decidimos casarnos en secreto por medio de una ceremonia civil porque tú deseabas estar a mi lado y apoyarme en estos momentos tan difíciles.

–¿Y esto es lo que tú consideras una solución? –le preguntó ella sacudiendo la cabeza–. A mí me parece que lo que tienes en mente es una trampa... Ni siquiera voy a molestarme en señalarte todos los fallos que podría tener este plan porque no va a ocurrir.

–Eso depende de ti.

–Es la primera cosa con sentido común que has dicho.

–Mira, no tengo tiempo para esto –dijo él mirando el reloj–. Te voy a contar los hechos y luego tú podrás tomar tu decisión.

–Digas lo que digas... Está bien. Te escucharé.

–Tu abuelo es un hombre pragmático. No es contrario al cambio ni al progreso, pero comprende que tales cosas no ocurren de la noche a la mañana. Podría imponer cambios, pero no va a hacerlo porque sabe que para eso su pueblo debe estar dispuesto a aceptarlos. Sé que el honor te parece un concepto anticuado, pero es un precepto fundamental en la vida de tu abuelo. Si el rey Hassan no reaccionara a los insultos proferidos a su nieta, perdería el respeto y pasaría a ser considerado un rey débil. No tiene opción en este asunto.

–¿Está muy enfadado?

–Contigo no.

–Contigo... ¡Oh, no! Lo siento mucho. De verdad que lo siento. Yo enmendaré la situación. Le diré lo que ocurrió, le explicaré que...

–¿Has estado escuchando lo que te he dicho? Resulta evidente que no –le espetó él interrumpiéndola con impaciencia–. Parece que no comprendes nada. Si este escándalo no se aplasta antes de que adquiera vida propia, habrá consecuencias. Y muy graves. Consecuencias que ninguna explicación que tú puedas dar de tu versión podrá alterar.

–¿Y qué podría ocurrir que fuera tan malo?

Karim sonrió.

–El contrato, que aún no se ha firmado, para permitir que el oleoducto que sale de nuestros campos petrolíferos pase a través de Azharim y así poder llegar a la costa, podría quedarse en papel mojado. El efecto dominó sería muy importante y no sólo en el ámbito de la economía. El resto de los países de la región se verían implicados. Todos tendrían que tomar partido. La estabilidad política no es algo que se dé por sentado. Tenemos que trabajar mucho para que se produzca. Llevamos trabajando en ella muchos años y seguimos haciéndolo. Nuestros países han colaborado en varios proyectos, en el presente en un hospital oncológico que sería único en la zona.

Al hablar de aquel proyecto, los ojos de Karim habían adquirido un brillo muy especial. El vínculo real con aquel hospital iba mucho más allá. Hakim, el primo de Karim, era un oncólogo de fama internacional. Había sido él quien diagnosticó la enfermedad de Amira y había dejado su puesto en una afamada clínica de Suiza para ponerse al frente del proyecto.

—En ese caso, veo que no tengo presión alguna —dijo, con ironía. Se sentía completamente atrapada. Parecía que la estabilidad de una región entera estaba sobre sus hombros.

—¿Quieres que siga?

—Ya me he hecho idea. Si no me caso contigo, seré responsable por todo y de todo. Supongo que sería mucho más fácil decir de qué no soy responsable.

—Es tu elección.

—Esto es un chantaje moral hacia mi persona.

—Es necesidad.

—Y confías en que yo sea una mujer de conciencia.

—Sé que la tienes, pero recuerda que no te estoy pidiendo que hagas algo que no esté dispuesto a hacer yo mismo.

Karim apartó la mano. Eva bajó la mirada, por lo que no vio que los hombros de él se relajaban cuando ella asintió.

—Me siento como si acabara de saltar de un acantilado.

—No te preocupes. Como esposo tuyo, será mi obligación impedir que te des un batacazo.

–No te preocupes tú. Si salto, te llevaré conmigo.

Karim sonrió.

–Una mujer que piensa en términos de venganza... Eso es algo con lo que me identifico plenamente.

Eva cerró los ojos. ¡Se sentía tan fuera del mundo que había conocido hasta entonces!

Las puertas se abrieron para dar paso a una amplia zona de recepción. Todo era muy moderno. Eva nunca había visto un hospital como ése. La decoración se basaba principalmente en el cristal. Había una pared por la que se deslizaba el agua.

Dos hombres los habían acompañado en el ascensor, pero permanecieron en él mientras las puertas se cerraban silenciosamente. Otro hombre, vestido con ropa muy similar al estilo árabe, apareció de la nada.

Les hizo una reverencia a ambos y se dirigió a Karim en árabe. Éste no habló mucho, pero asintió varias veces como si lo que el otro hombre le había dicho le satisficiera.

–¿Y esto es un hospital? –comentó ella.

–Sí. Así es –dijo él. Entonces, la ignoró nuevamente y se concentró de nuevo en el otro hombre.

–¿Y cómo van a mantenernos ocultos? ¿No nos verá nadie?

–¿Acaso ves a alguien? –replicó Karim muy irritado–. ¿Ves a alguien por alguna parte?

Eva negó con la cabeza. Efectivamente, la zona parecía completamente vacía.

–Así es. Ni lo verás. Tariq –dijo, señalando al otro hombre–, se ha ocupado de ello.

–¿Cómo?

–Hay muchas cosas posibles cuando uno es el principal benefactor de una nueva clínica.

–Supongo que sí.

–En ese caso, ven conmigo. Quiero acabar con esto.

Eva dejó escapar un gemido de impotencia.

–Y dices que el romance ya no existe.

–¿Quieres romance?

–No, claro que no. ¿Cómo podría ser más surrealista este día?

–Bien, en ese caso...

El hombre al que Karim se había dirigido como Tariq se aclaró la garganta y se dirigió a Eva.

–Pensé que esto podría resultar apropiado –dijo. Entonces, como si se tratara de un truco de magia, sacó un ramo de flores.

Karim trató de contener la impaciencia. Tenía una entrevista con el equipo médico que trataba a Amira diez minutos después.

–No creo que eso sea necesario... –comentó.

–No lo es, pero resulta muy considerado –lo interrumpió Eva. Aceptó las flores y sonrió con gratitud a Tariq, el hombre de rostro impasible. La mirada que le dedicó a Karim era mucho menos afectuosa.

–Está bien. Quédate con las flores.

–Lo haré –replicó Eva mientras contemplaba a Karim con gesto desafiante.

Estaba haciendo lo que él quería. Estaba renunciando a su vida. ¿De verdad le resultaba tan difícil ser al menos educado?

–¡Vamos! –le ordenó Karim. Trató de agarrarle el brazo, pero, antes de que pudiera conseguirlo, soltó un grito de dolor.

–Oh, no. Se me había olvidado –dijo Eva mientras agarraba al minúsculo animal que mordía sin soltarla la muñeca de Karim. Tras comprobar que estaba bien, volvió a metérselo en el bolsillo.

Tariq volvió a hacer uno de sus trucos de magia y sacó una venda. Karim comenzó a enrollársela alrededor de la muñeca.

–¿Qué demonios es eso que tienes en el bolsillo? Porque supongo que no serás tú la que me mordió o me ladró

–La has asustado –dijo Eva–. Debía de estar dormida.

–¿Qué es?

–Un perro, evidentemente.

–Pues parece más bien una rata –afirmó Karim. El animal no se parecía a ningún perro que él hubiera visto nunca.

–¿Y por qué iba a tener yo una rata guardada en el bolsillo? –le preguntó Eva. Karim la miró como diciéndole que lo mismo se podía aplicar a un perro–. Te dije que me dedico a pasear perros. Se me había olvidado que seguía allí.

–¿Pasear a esa criatura que tienes en el bolsillo? ¿Es que no hace suficiente ejercicio mordiendo a los paseantes?

–Sólo me la meto en el bolsillo cuando está cansada. Es la más pequeña de todos. Además, estaba lloviendo. No le gusta el agua.

–Zadik se ocupara de ese animal –dijo, señalando a un hombre más joven que apareció detrás de ellos–. Entrégaselo, Eva.

–Es un pequinés con pedigrí. Vale mucho dinero. No lo vas a...

–¿Comer?

Karim no pudo contener más su impaciencia y sacó al perro del bolsillo de Eva con sus propias manos. Inmediatamente, se lo entregó al tal Zadik.

–Te aseguro que ya hace muchos años que los perros no forman parte de nuestros menús. Ya está bien. Vamos...

Extendió la mano y, tras dudarlo un instante, Eva se la tomó. Lo que sintió al deslizar los dedos sobre los de él fue bastante ambiguo

Efectivamente, los pasillos estaban completamente desiertos. Vieron varios hombres vestidos con túnicas. Todos ellos llevaban aparatos de comunicación en los oídos, como Tariq. Parecían dispuestos a cualquier cosa.

Se detuvieron en el exterior de una puerta. Tariq la abrió y, tras hacer una reverencia, se hizo a un lado para franquearles el paso.

Eva negó con la cabeza y se soltó de Karim.

–No me puedo casar con un impermeable.

–Pues quítatelo –le espetó Karim con impaciencia.

–Permítame, princesa.

Eva se sorprendió mucho al ver que Tariq se dirigía directamente a ella. Después de realizar una reverencia, le quitó el impermeable de los hombros.

–Gracias.

En el interior de su cabeza, una voz le repetía una y otra vez que saliera huyendo, pero sus pies no parecían hacer caso. Eva agarró con fuerza las flores y oyó que la puerta se cerraba a sus espaldas. Inesperadamente, sintió una gran tranquilidad. Esa paz duró toda la ceremonia. Se sentía como si estuviera soñando. No hacía más que pensar que no importaba lo que ocurriera porque, pasara lo que pasara, todo terminaría cuando se despertara.

No fue hasta unos minutos después, cuando se vio de pie en el pasillo con un anillo en el dedo, sola, cuando comprendió que no iba a despertar. Aquello era real. Era una mujer casada. Se había despertado de un sueño para encontrarse en medio de una pesadilla. La tranquilidad que la había acompañado hasta entonces se esfumó y el pánico se apoderó de ella. ¿Qué era lo que había hecho?

—Ve con Tariq.

Eva se mordió los labios y lo miró. El hombre con el que se había casado tenía un aspecto remoto y distante.

—¿Y tú?

—Necesito estar con Amira.

—¿Puedo yo hacer algo para ayudar?

—¿Tú?

Eva tragó saliva y trató de no mostrar lo mucho que le dolía aquel rechazo.

—Creía...

—Si quieres ayudar, vete con Tariq. Él se ocupará de ti.

Eva observó la elegante figura de Karim hasta que desapareció por el pasillo. Cuando se giró, se encontró con una expresión de compasión en el rostro de Tariq.

El hecho de que fuera objeto de pena por parte de los miembros del servicio horrorizó a Eva. Inmediatamente esbozó una alegre sonrisa.

—¿Qué viene ahora?

—La acompañaré a...

Incapaz de seguir fingiendo, Eva lo interrumpió.

—¿Está muy enferma?

—Sí, lo está —respondió Tariq después de una pausa.

—¿Y el... el príncipe Karim ha pasado mucho tiempo aquí?

—Apenas se ha marchado de su lado.

—¿Es ahí donde está ahora?

—Los médicos han estado probando un tratamiento experimental con ella. Hoy podrán decirle por fin al príncipe si está funcionando. Ahora, si me acompaña... El príncipe Karim me ha pedido que...

—Está solo —dijo Eva—. ¿No tiene a nadie que lo acompañe?

—No. Está solo.

—No.

Eva tomó su decisión. Tal vez fuera esposa de Karim sólo en apariencia, pero pensar que él podría tener que afrontar una mala noticia en solitario le parecía mal. Era un pensamiento completamente irracional, pero sentía que debía estar a su lado. Tal vez él no quisiera un hombro sobre el que llorar, pero al menos podría gritarla si con eso se desahogaba.

—Lo siento, princesa, no entiendo...

—No. El príncipe le ha pedido que me mantenga apartada de él, ¿no es así?

—El príncipe desea que usted esté cómoda, que tenga todo lo que pueda desear.

—Deseo verlo.

—Me temo que eso no va a...

—Mire. No estoy segura de cuáles son sus funciones, pero estoy segura de que entre ellas no se incluye la de darle órdenes a una princesa. Y es ésa de la única manera que va a conseguir que me olvide de mi propósito.

Eva contuvo el aliento. No estaba segura de qué iba a hacer si aquella jugada no le salía bien. Le pareció notar el brillo de una sonrisa en los ojos de Tariq. Entonces, él realizó una inclinación de cabeza y dijo:

–Por aquí.

La sala a la que la llevó Tariq estaba en la última planta. Habló con dos hombres que estaban a las puertas. Ellos realizaron una inclinación de cabeza y se hicieron a un lado.

Eva estaba empezando a arrepentirse de su determinación. Se preparó para enfrentarse a la ira de Karim cuando la viera.

La reacción del que ya era su esposo no fue inmediata porque no la vio. Eva observó el pálido rostro de la niña que yacía sobre la cama. Parecía tan frágil que resultaba increíble que pudiera soportar todos los tubos que salían de su cuerpo. Karim estaba junto a la ventana, observando la ciudad sin verla en realidad.

Eva vio que tenía las mejillas húmedas. Sintió un profundo dolor en el pecho y se acercó a él con la mano extendida.

–Lo siento mucho, Karim.

–¿Eva? –dijo él antes de darse la vuelta para mirarla.

–Lo siento mucho –repitió ella bajando la mano–. No quería entrometerme, pero...

–Está funcionando –susurró Karim mirando a su hija–. Se va a poner bien...

La expresión que él tenía en el rostro hizo que a Eva se le hiciera un nudo en la garganta.

–Me alegro mucho, Karim...

–¿Por qué estás aquí?

–Creí que podría hacer algo para ayudar, pero ya veo que...

–¿Quieres ayudar? –musitó él. Dio un paso al frente y se detuvo delante de ella–. Pues puedes hacerlo.

–Yo...

Karim le colocó la mano sobre la barbilla y gruñó:

–No hables...

Entonces, la besó con dureza. La sorpresa hizo que Eva separara los labios. Jamás había imaginado que un beso pudiera ser así, tan primitivo, posesivo, apasionado... Se fundió con él con un suspiro y le devolvió el beso. Le hundió los dedos en el cabello y gruñó de placer al notar las primera intrusiones de la lengua de Karim en la boca.

Cuando por fin él levantó la cabeza, los dos tenían la respiración muy agitada.

–Oh... –suspiró ella apartándose de él inmediatamente.

–Eso mismo digo yo.

–¿Te ha ayudado eso? –preguntó ella mientras lo observaba con ojos aturdidos y prendados de aquel rostro. Aún notaba su sabor en la boca.

Una voz en su interior le decía que estaba reaccionando exageradamente a un beso que evidentemente sólo había sido una vía de escape para la tensión de Karim, pero no pudo evitarlo. Si así era

como él pensaba utilizarla, se moría de ganas porque volviera a hacerlo.

–Me ha dolido... Me ha dolido parar –aclaró.

–Oh...

–Pareces una niña que nunca antes había recibido
un beso.

«Como ése nunca», pensó ella. Se aclaró la garganta para no revelar sus pensamientos.

–Ha sido inesperado –dijo. Deseaba a Karim tan
desesperadamente que los huesos le dolían. La intensidad de lo que estaba sintiendo la sorprendía y la
excitaba al mismo tiempo–. Como lo de casarme.
Yo había pensado que veníamos a tomar una taza de
té y un bocadillo.

–Tú sabes mucho mejor que un bocadillo... –susurró él con el fuego de la pasión reflejado en los
ojos.

–Y tú también.

–Creo que sería buena idea que te marcharas
ahora con Tariq. Éste no es lugar para que los dos
podamos continuar esta... conversación.

–¿Tú te vas a quedar?

–Amira se despierta por la noche. A las enfermeras siempre les cuesta mucho tranquilizarla –dijo
Karim. Tomó una butaca y la colocó al lado de la
cama de su hija. Se sentó–. El amor por un hijo es
algo que te desgarra el corazón. Cuando tengas hijos
propios, lo comprenderás.

Eva parpadeó al escuchar aquel comentario.

–No había pensado en tener hijos.

Karim frunció el ceño.

–Bueno, pues ve pensándolo ahora, princesa. Mi
deber me obliga a proporcionar un heredero.

Eva se tensó al escuchar la palabra «deber». No pudo evitar un escalofrío. Todo sonaba tan cínico...

–¿Un heredero?

–Hay una cierta impaciencia en algunos sectores. Cuando se sepa que estoy casado, la noticia se recibirá con gran alivio.

–¿Esperas que yo tenga tus hijos? –le preguntó horrorizada.

–¿Y de quién los esperabas tener?

–De nadie... Es que... Se supone que los hijos deben ser el resultado del amor, no del...

–¿Sexo? ¿Acaso andas buscando el amor, Eva?

Ella se sonrojó y se mordió el labio para que no le temblara.

–No.

–En ese caso, dejémoslo así. No quiero que te enamores de mí –le advirtió él–. No me gustan las mujeres necesitadas.

Karim podía ser muy cruel. Eva pensó en su primera esposa, en la que le había dado la hija a la que él evidentemente quería tanto. Suponía que la había amado. Tal vez aún la amaba...

El futuro no parecía muy prometedor. Llevaban casados literalmente cinco minutos y ya se estaban peleando. No sabía ni cómo ni por qué. Simplemente había explotado, como la química sexual que la había precedido.

–Como tú mismo has dicho, no es el momento adecuado para esta conversación.

Karim frunció el ceño.

–Al contrario de lo que tú puedas creer, el sexo sin amor es igual de eficaz que el amor en estado puro para concebir hijos, afortunadamente para nosotros. No parece que vaya a ser muy difícil para ti porque acabo de besarte y no querías que parara. Para algunas personas, el sexo sin amor es lo único que existe y, hasta ahora, los dos lo hemos disfrutado con otras personas. El único cambio va a ser comenzar a disfrutarlo el uno con el otro.

Eva se quedó pálida.

–No quiero sexo contigo, ni sin amor ni con él. Si estuviera en tu lugar, invertiría en un buen libro de autoayuda. Probablemente tienen un capítulo entero sobre los hombres que tienen que acompañar la palabra «sexo» con las palabras «sin amor» .

Karim sonrió.

–Te aseguro que lo deseas tanto que casi puedes saborearlo –susurró, mirándola y sintiendo cómo la necesidad le recorría su propio cuerpo–. Me deseas tanto que terminarás suplicándome que te posea...

Eva se sonrojó.

–Nunca.

–Te...

–Lo siento –dijo la enfermera, que acababa de aparecer en la puerta, con una sonrisa de disculpa–. Regresaré más tarde.

Eva negó con la cabeza y sonrió.

–No, está bien. Yo ya me iba.

La enfermera miró a Karim. Como respuesta a un movimiento de cabeza casi imperceptible, se marchó inmediatamente.

–Estupendo –exclamó Eva, muy enfadada–. Tendré que prepararme para una vida de invisibilidad completa.

–Me he dejado llevar por el momento.

Eva no podía creer lo que acababa de escuchar. El asombro reemplazó a la ira.

–¿Acabas de disculparte?

Karim se encogió de hombros, algo que Eva interpretó como un asentimiento.

–Entonces, ¿no tengo que suplicar?

–Tú... Te has visto obligada por las circunstancias a aceptar un esposo, pero resulta evidente que no habías pensado en las implicaciones.

–¿Y cuándo debería haberlo hecho? ¿Cuando subíamos en el ascensor?

–Bueno, ahora te estoy dando tiempo. Te consideras una mujer sexualmente experimentada. Si vienes a mi casa, no será para una noche o dos... no habrá otros hombres.

–¿Me estás dando la opción de acostarme contigo o de tener amantes? ¿Es eso?

–¡No!

Karim apretó la mandíbula. Trató de ordenar sus pensamientos. Una de las ventajas de un matrimonio concertado era una vida en paz, estéril, pero en paz. No habría emociones, ni celos ni pasión que le distrajeran del bien de su país y de la gente que lo necesitaba.

Entonces, ¿qué era lo que había salido mal?

La madre de Amira había tenido amantes y a él no le habían molestado en lo más mínimo sus discretas infidelidades. Entonces, ¿por qué el mero hecho de pensar en los hipotéticos amantes de Eva lo volvía loco?

La observó. El impulso de enredarle los dedos en el cabello y acercarle el rostro al suyo era tan fuerte que, durante algunos segundos, ni siquiera pudo respirar. Él no la necesitaba. Tan sólo la deseaba.

–No habrá amantes y si vienes a mi cama debes aceptar que tendremos hijos –afirmó, con tranquilidad.

–Entonces, si no quiero tener un hijo... ¿no puedo acostarme contigo? ¿No hay término medio?

–No. Tienes que aceptar que esto no es una aventura. Es un matrimonio. Necesito proporcionar un heredero a mi país. Por lo tanto, cuando decidas venir a mi cama, no puede haber nadie más.

–Es decir, que cuando me aburra de acostarme contigo, tendré que cerrar los ojos y fingir que tú eres...

Eva no continuó la frase cuando no pudo pensar en ningún hombre que no fuera más que una mala imitación comparado con su esposo.

–Luke –añadió en el último minuto. No recibió reacción alguna por parte de Karim.

La ira que vio en sus ojos cuando se volvió de espaldas hizo que Eva se diera cuenta de que lo único previsible sobre su esposo era la capacidad que ella tenía para enfurecerlo.

Cuando se marchó de la habitación, el lenguaje corporal de Karim le dejó muy claro que no pensaba seguirla, al menos en un futuro próximo.

Capítulo 8

EL ABUELO de Eva se quedó tres días y, durante ese tiempo, ella no estuvo literalmente nunca a solas con Karim. Él se pasaba los días en el hospital, regresaba por la noche y cenaba con el rey. Ella estaba allí, pero habría dado igual que hubiera sido invisible. Los hombres no le prestaban ninguna atención.

El matrimonio parecía haber aplacado a su abuelo. La tensión inicial entre los dos hombres había desaparecido rápidamente. No se podía decir lo mismo de la tensión que había entre Karim y ella, aunque, por supuesto, no se trataba del mismo tipo. Desde aquella noche en el hospital, en la habitación de Amira, Karim ni siquiera había intentado tocarla. Las ocasiones en las que había estado a punto de hacerlo era lo que la volvían completamente loca. A veces casi le rozaba los dedos con los suyos cuando le pasaba algo. En ocasiones, el simple pensamiento de que pudiera tocarla la volvía loca de deseo. Sólo pensar en lo que ocurriría cuando la tocara por fin la dejaba completamente sin sentido.

No se podía negar que había química entre ellos. Aunque a Eva aún le sorprendía que Karim pudiera sentirse atraído por ella, se sentía casi igual de perpleja por el hecho de que ella pudiera desear a un hombre de aquel modo sin estar enamorada de él. Para ella, sexo y amor habían ido siempre unidos.

Karim la deseaba, pero ella sabía que aquel sentimiento no duraría. No obstante, por deber, tendría que hacerlo. Sintió una profunda tristeza por el hecho de que la pasión pudiera convertirse en algo tan frío.

En la última noche de la visita de su abuelo, se anunció que se había decidido que ella regresara con él y que se quedara en el palacio de Azharim hasta que Amira estuviera lo suficientemente repuesta como para viajar de nuevo a casa con Karim.

–¿Y quién ha decidido eso? –preguntó Eva sin poder contenerse–. Yo no he decidido nada.

El rey Hassan pareció muy sorprendido por aquel comentario.

–Estoy seguro de que no puedes tener ninguna objeción por el hecho de ver a tu familia, a tus primos...

–De igual modo, me gustaría que se me consultara.

–Pues considérate consultada –le espetó Karim

–Sólo estamos pensando en lo que es mejor para ti, Eva. Karim tiene mucho encima en estos momentos: la enfermedad de Amira, asuntos de Estado... Le preocupa no tener tiempo para estar contigo.

¿Que le preocupaba? Eva tuvo muchas dificultades para contenerse y no anunciar que lo que Karim quería era quitársela de encima para poder acostarse con quien quisiera sin tener que preocuparse de que se presentara su esposa.

–Estoy segura de que el padre de Karim podrá ocuparse de los asuntos de Estado... –dijo. Le había sorprendido mucho los celos que estaba sintiendo en esos momentos.

Eva había sentido mucha curiosidad por el padre de Karim. Cuando se pensó en el matrimonio, se consideró lo que pudiera opinar el abuelo de Eva, pero jamás se mencionó al rey de Zuhaymi.

Tras las palabras que ella pronunció, se produjo un incómodo silencio. Fue Karim el primero que tomó la palabra.

–Mi padre ya no participa de forma activa en el gobierno de mi país –dijo, sin levantar la mirada.

–¿Por qué? No puede ser tan anciano.

–Eva... –le advirtió el rey Hassan.

Karim levantó bruscamente la cabeza.

–No. Debería saberlo. Efectivamente –dijo, mirándola por fin–, mi padre no es un hombre viejo, pero se le diagnosticó la enfermedad de Alzheimer hace varios años. Ya no aparece en público.

–Querrás decir que lo tienes encerrado porque se convirtió en un motivo de vergüenza para ti –le espetó ella con una mirada acusadora.

–Cuando aún era capaz de valerse por sí mismo, dejó muy claro que cuando perdiera sus facultades, quería retirarse de la vida pública. Hoy en día, vive en una casita al lado del mar con un equipo de enfermeras que lo cuidan las veinticuatro horas del día. Lo veo, pero no con la frecuencia que me gustaría porque mi presencia a veces lo agita demasiado.

Eva sintió que su abuelo la mirada con desaprobación. Ella misma se sentía fatal.

–Lo siento mucho. No debería haberte dicho algo tan terrible. Siento también mucho lo que le ha ocurrido a tu padre.

Karim asintió.

–Acepto tus disculpas...

Eva no estaba segura de si él lo decía de corazón o simplemente lo había dicho por cumplir, pero se sintió más ajena a aquel mundo que nunca.

–Me gustaría marcharme a Azharim contigo si aún puedo hacerlo.

–Por supuesto –dijo su abuelo.

–Está bien –susurró ella. Se levantó de la mesa–. Iré a hacer la maleta.

Se moría de ganas por salir de aquella habitación y escapar a la desaprobación de Karim

–Alguien puede hacer la maleta por ti –protestó su abuelo.

–No, gracias. Me gustaría sentir que puedo hacer algo en esta vida –replicó ella.

Consiguió llegar a la puerta antes de romper a llorar.

A la mañana siguiente, el vuelo era muy temprano. Eva se preparó con mucha antelación sabiendo que a su abuelo no le gustaban los retrasos. Se sentía furiosa consigo misma por el hecho de que le importara que Karim no se hubiera despedido de ella.

Justo cuando estaban a punto de marcharse, se dio cuenta de que sus esfuerzos por agradar a su abuelo con su puntualidad no habían servido de nada. Tuvo que regresar a su habitación para recoger su bolsa de aseo.

Subió rápidamente las escaleras bajo la mirada de desaprobación de su abuelo. Con las prisas, no pudo encontrarla por ninguna parte. Después de no verla ni en el dormitorio ni en el cuarto de baño, decidió ir a mirar en el vestidor. Ésta era una sala con las paredes cubiertas de espejos que unía su dormitorio con el de Karim. No solía utilizarlo, pero aquella mañana había ido allí para hacerse un recogido con la ayuda de los numerosos espejos. Tal vez se había llevado la bolsa de aseo....

Entró tan precipitadamente que tardó un par de segundos en darse cuenta de que no estaba sola. Karim estaba allí. Sólo llevaba una toalla alrededor de la cintura.

—Yo... yo... —susurró. No pudo evitar mirarlo. Al ver un cuerpo tan hermoso, sintió que algo se tensaba en su interior. El anhelo comenzó a palpitarle en el vientre—... me he dejado mi... esto... llego tarde.

Karim la estaba mirando de un modo que le aceleró los latidos del corazón. Se aclaró la garganta y se pasó la mano por la mandíbula.

—Que tengas buen viaje.

—Tú también...

Entonces, sin saber por qué, se agarró la cabeza y comenzó a gruñir.

—¿Te encuentras mal?

Eva notó la voz de Karim muy cerca. Sabía que sólo tenía que darse la vuelta para poder apoyarle la cabeza sobre el torso. Apartó aquel alocado impulso y sacudió la cabeza.

—No, no... Sólo... Adiós.

Sin levantar los ojos del suelo, pasó al lado de Karim y agarró su bolsa de aseo. Entonces, como un

conejo asustado, salió corriendo con el corazón la-
tiéndole a toda velocidad.

Resultó muy agradable reunirse con su familia en
Azharim. Disfrutó menos con los comentarios que
se realizaban sobre su matrimonio. Entonces, se
sentía como si estuviera caminando por un campo
de minas. Mantener las apariencias delante de sus
curiosos parientes le daba un permanente dolor de
cabeza.

Después de los primeros días, el tiempo empezó
a pasar muy lentamente. Por muy estúpido que pudiera parecer, echaba de menos a Karim, aunque no
estaba segura de que esta palabra definiera correcta-
mente su estado de ánimo y lo que sentía hacia él.

Encontró distracción en su tesis, que tan abandonada tenía. Decidió ponerse a trabajar en la diserta-
ción para su doctorado, que casi tenía completa.
Nunca antes había mostrado más entusiasmo por su
trabajo, tanto que no tardó en terminar la tesis.

Fue entonces cuando recibió noticias de que los
médicos habían permitido por fin a Amira y a Karim
regresar a casa. El mensaje decía que esperaban ver
muy pronto a Eva.

El contenido resultaba completamente imperso-
nal, tanto como el resto de los mensajes que ella había recibido de Karim a lo largo de aquellas tres semanas. No podía esperar otra cosa. Sin embargo, el
problema de Eva parecía ser que había perdido la
habilidad de separar las expectativas de las fanta-
sías. No podía esperar que Karim mostrara deseo
por escuchar su voz o que le dijera repetidamente lo

mucho que la echaba de menos. No se habían despedido de la mejor de las maneras y, además, podría ser que fuera mejor que hablaran de ciertas cosas cara a cara. Trató de considerar la oportunidad de hacerlo con esperanza en vez de miedo.

Decidió que se marcharía en el próximo vuelo. Se sentía muy nerviosa hasta que un comentario casual de una de sus primas le hizo ver que Karim y su hija llevaban ya en su casa una semana.

¡Menuda manera de devolverla a la realidad!

Trató de ocultar el profundo dolor que sintió al escuchar aquella revelación. Sin embargo, la tristeza debió de notársele en el rostro, porque su prima Ruhi añadió:

–Supongo que quería darle a la niña tiempo para acomodarse antes de presentarle a su madrastra. Es una situación algo delicada.

–Seguro que tienes razón.

No era de extrañar que Eva se mostrara bastante triste cuando llegó a palacio. Se esforzó todo lo que pudo por no pensar en la bienvenida fría y formal que Karim le dedicó en el aeropuerto. Ni siquiera el imponente palacio que la esperaba pudo despertar su entusiasmo. Eva no hacía más que recordar la expresión en el rostro de Karim cuando la recibió en la pista.

La había mirado como si fuera una desconocida, o, al menos, alguien que deseara que lo fuera más que la esposa a la que había echado de menos. Era la expresión que se podía ver a alguien con el que se iba a estar cargando el resto de la vida.

La niña, por el contrario, no notó el ambiente que había entre los adultos. No mostraba señal alguna de enfermedad. Literalmente estaba saltando de excitación al ver a Eva. Inmediatamente se quedó muy sorprendida con el color del cabello de Eva y quiso que el suyo fuera así cuando volviera a crecerle, justo igual que el de su nueva mamá.

Eva sintió que se le hacía un nudo en la garganta cuando, antes de ir a echarse la siesta, la niña se le subió al regazo y la abrazó con fuerza antes de que la enfermera se la llevara.

–Es encantadora –dijo.

–Sí, así es.

Eva se obligó a mirarlo. Lo deseaba desesperadamente. Incluso el aroma de su piel en la distancia la volvía loca.

Karim tampoco pudo resistir el deseo de mirarla. Recorrió los suaves contornos del rostro de Eva, observando con avidez los detalles. La piel de la que era su esposa era mucho más suave de lo que recordaba. El hoyuelo que tenía en la mejilla no estaba. Eva no sonreía.

–Y está bien.

–Sí. La enfermedad ha desaparecido por completo.

–Es maravilloso –dijo Eva. Karim se mostraba tan tenso, tan rígido. Decidió que alguien tenía que romper el hielo–. Me preguntaba si podríamos... cenar juntos esta noche y... ponernos al día.

Había decidido que, aquella noche, admitiría su inexperiencia sexual, que era como un peso alrededor del cuello. También pensaba admitir que tener relaciones con él y sólo con él no le supondría ningún problema.

Karim, que sentía ya la tensión que siempre experimentaba antes de ir a ver a su padre, acrecentada en aquella ocasión por el hecho de lo desesperadamente que deseaba a Eva, negó con la cabeza.

Habría retrasado la visita si la enfermera que estaba a cargo del equipo que se ocupaba de la salud del rey no le hubiera manifestado a Karim su preocupación por la salud del anciano.

–Me temo que tengo planes. Estaré fuera hasta el viernes.

Eva tragó saliva y trató de sonreír para que él no viera que le dolía su rechazo. El mensaje no podría haber sido más claro. En primer lugar, la había mandado con su abuelo y, tras esperar una semana antes de reclamarla, se marchaba otra vez sin pasar ni siquiera un día a su lado.

–¿Te gustaría ver este jardín? Amira cree que...

Estaba fingiendo ser cortés. Evidentemente, se había pasado las tres últimas semanas deseando que aquel matrimonio no se hubiera producido nunca, sobre todo comparándolo con el primero. Eva no pudo soportarlo más. Lo interrumpió con voz seca y fría.

–No... Es decir, me encuentro bastante cansada. Me vendría bien una siesta... si me perdonas.

Karim jamás podría decir que ella no tenía buenos modales. Salió de la sala con la espalda rígida como un huso.

Tenía una encantadora postura. ¿Quién necesita sexo cuando la postura es tan digna? Al menos, su aspecto sería regio aunque, en su interior, no se sintiera en absoluto como una princesa.

Capítulo 9

KARIM no estuvo fuera los tres días que dijo, sino una semana entera. Regresó el día antes de la recepción en la que se iba a presentar a Eva a lo más selecto de la alta sociedad del país. Un evento que había adquirido una importancia increíble para ella.

Cuando estaba a punto de acompañarlo a la recepción, dijo:

—No puedo hacerlo.

Karim se había comportado de un modo muy egoísta al pensar que ella podría. Había regresado y no le había dicho ni una sola palabra de dónde había estado ni con quién.

Él apartó los ojos del escote de Eva y replicó:

—No tienes que hacer nada. Sólo te tienes que mostrar encantadora.

—¿Cómo?

—Si dudas, no digas nada.

Eso no resultaba tan fácil como parecía. No decir nada cuando lo único que él deseaba era decirle que se moría de ganas por hundirse en ella. No decir nada cuando se moría de ganas de decirle que quería besarla y que ella lo besara a él en la boca. No, no era tan fácil como parecía.

Se sentía muy culpable, dividido entre el deber

que tenía hacia su padre y el deseo de estar con su nueva esposa y culpabilidad por el deber que tanto le pesaba.

Había descubierto que el estado de su padre efectivamente se había deteriorado hasta el punto de que resultaba doloroso de ver. El rey, que había sido un hombre fuerte y robusto, era tan sólo una sombra frágil y rota de lo que había sido. Tuvo que quedarse una semana. Con varios cambios en la medicación, cuando se marchó su padre estaba todo lo bien que estaría nunca.

De vuelta a palacio, tenía que enfrentarse con la maldita recepción. No entendía por qué la había organizado. Había sido idea suya para facilitar la entrada de Eva en su mundo, pero, de repente, no le apetecía compartirla. El deseo que le ardía en el cuerpo parecía el de una chimenea.

—Menuda impresión voy a causar. Una esposa muda.

Un beso podría haberla ayudado, pero él no se lo iba a dar a menos que ella se lo pidiera. Por muy duro que le resultara, Karim tenía la intención de seguir con su vida tal y como había sido antes de casarse.

Por su parte, Eva había decidido que no debía aferrarse a una fantasía. Cuando le preguntó a Tariq dónde estaba Karim, él no le dijo absolutamente nada. Su hermetismo rezumaba culpabilidad. Se limitó a decir que no lo sabía. Por lo tanto, a Eva no le costó mucho llegar a lo que parecía la única explicación posible de tan extraño comportamiento: Karim estaba con su amante.

Todo encajaba.

Sin embargo, la noche anterior ella había ido al dormitorio de Karim... ¿En qué estaba pensando? Se ruborizaba con sólo recordarlo. Por supuesto, lo había hecho con la intención de establecer algunas reglas propias. Cuando llegó allí, la encontró vacía. Intacta. Regresó inmediatamente a su propia cama y se tumbó pensando con quién se habría acostado su esposo aquella noche. No parecía probable que un hombre viril y muy sexual como Karim se pasara las noches solo.

Eva se quedó dormida llorando. Por eso, el día de la recepción, tenía los ojos hinchados y enrojecidos.

–Una esposa muda... Eso provocaría la envidia de todos los presentes aquí esta noche.

Lo que él no sabía era que ya todos le envidiaban porque creían que compartía la cama todas las noches con una mujer como Eva, igual que todas las mujeres la envidiaban a ella por la misma razón.

Eva se estremeció al pensar que alguien podría descubrir su secreto.

–Muy gracioso. ¿Te tienes que esforzar mucho para ser tan machista?

No consiguió respuesta.

Mientras Eva lo acompañaba al salón de baile, donde se celebraba la recepción, sintió que el resentimiento se apoderaba de ella. No era de extrañar. No tenía confianza en sí misma. No sólo su marido no se acostaba con ella. Tenía amantes, posiblemente un harén entero. Cuando entró en el estudio de Karim, perfectamente arreglada para la fiesta, él la miró de la cabeza a los pies y no dijo nada.

Eva interpretó aquel silencio como desilusión. Se repitió una y otra vez que no necesitaba su aprobación, sino tan sólo un poco de apoyo ante la perspectiva de cientos de personas que iban a juzgarla.

–¿Lista?

Eva tocó las esmeraldas que él le había dado como si no fueran nada. El pánico se apoderó de ella.

–No, no estoy lista. No puedo hacerlo...

Karim no podía escucharla. Tenía una fuerte presión en la cabeza, una presión que llevaba acrecentándose día a día desde hacía semanas. Cuando ella apareció frente a él con aquel vestido, sólo deseó arrancárselo y la presión se incrementó un poco más.

En aquel momento, mientras observaba su hermoso rostro, comprendió que iba a pasar aquella noche en su cama. Siguió mirándole el hermoso rostro mientras, con su imaginación, le bajaba el corpiño del vestido y dejaba al descubierto unos pechos casi perfectos.

Se imaginó la textura de su piel, su sabor. Se imaginó moviéndose dentro de ella, oyendo cómo ella gritaba de placer. De repente, la imaginación no fue suficiente para silenciar el rugido de la presión que tenía en la cabeza. No había conocido un momento de paz desde que se conocieron y sabía que no volvería a tenerlo hasta que la poseyera.

Suspiró e inclinó la cabeza hacia ella. Aplicó todo el anhelo y la frustración de todas aquellas semanas en aquel beso. La agarró con tal fuerza que le soltó todas las horquillas que llevaba en el cabello. Enredó las manos en la sedosa cortina que le caía por la espalda y la besó con una desesperación casi frenética.

Sintió que ella gemía de placer mientras le recorría con las manos cada una de las curvas de su delicioso cuerpo. Ella se rindió ante él, permitiendo que él mor-

disqueara y lamiera sus jugosos labios y que sabo-
reara el interior de la boca. Finalmente, cuando los
dos se quedaron sin aire, él levantó la cabeza.

Se miraron fijamente en silencio, un silencio que
quedó roto por la inarticulada expresión de Eva.

–¡Dios mío! Tú...

Ella suspiró y se cubrió los labios con una mano.
Aquella noche, cuando estaba tumbada en su cama,
despierta y esperándolo, se repitió una y otra vez
que el beso no había sido fantástico sino que había
sido la acumulación de sentimientos a lo largo del
día lo que había convertido el gesto en algo excep-
cional para ella.

–Eva...

–Realmente se te da muy bien...

En aquel momento, Tariq apareció a su lado y se
aclaró la garganta.

–Los invitados reclaman su presencia.

–Sí, vamos enseguida. ¿Estás lista ahora?

Sí. Estaba lista para hacer todo lo que él quisiera.

Su estado de satisfacción duró lo suficiente para
que Karim la paseara en el salón, delante de cientos
de personas elegantemente vestidos. Efectivamente,
él había conseguido distraerla de su ataque de pánico. Eso no podría ser la única razón por la que la
había besado... ¿o sí?

Mientras realizaban el tradicional saludo a todos
los invitados, el rey Hassan se acercó a Karim y le
dijo:

–Esta noche ella va a necesitar tu apoyo.

–Lo tiene, pero creo que la subestima, majestad.
Eva es capaz de hacer mucho más de lo que cree. Lo
único que le falta es seguridad en sí misma.

Un poco más tarde, tras haber visto que su primo la monopolizaba durante más de diez minutos, Karim se excusó y se acercó a ella.

–¿Te encuentras bien?

–Aún no estoy segura –susurró. El beso que Karim le había dado aún dominaba sus pensamientos.

–Yo tampoco...

Antes de que Eva pudiera preguntarle sobre aquella enigmática respuesta, su abuelo se acercó a ella y Eva se vio obligada a dedicarle toda su atención. No era el único jefe de Estado presente. Había varios invitados extranjeros muy influyentes. A pesar de que Eva no estaba acostumbrada a este tipo de acontecimientos, se manejó con soltura. Todo le resultó mucho más fácil de lo que había imaginado en un principio.

Sin embargo, la sonrisa se le heló en los labios cuando le presentaron a la posible razón de las ausencias de Karim en su dormitorio. En el momento en el que vio a Layla Al Ahmed, las alarmas se dispararon dentro de su cabeza. Cuando vio cómo Karim observaba los hermosos ojos almendrados de la mujer, todo pareció encajar terriblemente. Iba acompañada de su padre. Mientras Karim hablaba con ella, el hombre se presentó a Eva y comenzó a charlar con ella animadamente.

–Layla tiene una carrera de gran éxito en el diseño de interiores –explicó el orgulloso padre, que era a su vez uno de los asesores económicos de Karim y cabeza de una de las familias más poderosas del país–. Mi hija tiene mucho talento. Podría haberse dedicado a cualquier cosa. Karim y ella prácticamente se criaron juntos –le confió mientras los dos observaban cómo Karim besaba en la mano a Layla y luego en las mejillas–. Algunas personas pensaron que, cuando Karim superara la muerte de su esposa, los dos podrían...

Con eso, hizo una reverencia y se apartó de ella. Eva se preguntó si la intención del padre de Layla había sido hacerle dudar de su esposo desde el principio.

¿Había sido Layla la razón por la que tres días se habían convertido en siete? ¿Se habría casado Karim con ella si el destino no le hubiera jugado una mala pasada?

Sintió náuseas.

Comenzó a charlar con el embajador de Francia y su esposa, que se había presentado como Julia. Ésta no hacía más que admirar las esmeraldas y compararlas con los ojos de Eva. Cuando Karim apareció a su lado, lo saludó como a un viejo amigo. Repitió el cumplido y añadió:

–El francés de tu esposa es excelente. Lo está haciendo fenomenal. Recuerdo perfectamente el primer baile de la embajada del que fui anfitriona. Me tuvieron que quitar la sonrisa con bisturí.

Eva agradeció el cumplido, pero su alegría se desvaneció cuando Karim añadió:

–Esperemos que no tarde demasiado en dominar el árabe, Julia.

–Eso espero yo también –replicó Eva–. Así, la gente tendrá que alejarse de mi lado para hablar de mí –añadió. No se podía quitar de encima la impresión de que las risas de Layla habían tenido algo que ver con ella.

–¿Paranoia, Eva? –le dijo Karim arqueando una ceja. Entonces, se marchó de allí dejándola de pie y sintiéndose como una idiota.

Julia la agarró del brazo y la golpeó suavemente la mano.

–Yo diría que Layla es una dama para los caballeros...

Eva la miró muy sorprendida. ¿Tan fácil resultaba leerle el pensamiento?

–Los hombres miran... Eso forma parte de su naturaleza –añadió, con una sonrisa–. Pobrecillos. ¿Sabes una cosa? Cuando me casé con Alain lo pasé fatal pensando que él deseaba a todas las mujeres a las que sonreía. Alain podía tener a todas las mujeres que deseaba. Entonces, un día lo comprendí por fin: me eligió a mí.

Eva sonrió, pero sabía que aquel ejemplo no podría aplicarse a ella. No estaba enamorada de su marido ni su esposo estaba enamorado de ella. Se preguntó cómo reaccionaría Julia si supiera que Karim sólo se había casado con ella por una cuestión de honor y también por motivos políticos. Por supuesto, en lo que a ella se refería, Karim podía seducir a quien quisiera, pero, al menos, esperaba que tuviera la decencia y los buenos modales de no frotárselo por la cara.

El resentimiento y la sensación de aislamiento se incrementaron cuando Karim la dejó sola durante la siguiente media hora. Cuando vio que su marido regresaba, no sintió alivio alguno. El corazón comenzó a latirle a toda velocidad con una mezcla confusa de excitación, resentimiento y aprensión.

Él se colocó a su lado y se inclinó. Acercó el rostro tanto al de ella que, por un instante, Eva pensó que iba a besarla.

No fue así.

–Sonríe y deja de mirarme como si yo fuera el lobo y tú la pequeña Caperucita. Se supone que tienes que estar divirtiéndote.

–Pues no es así –admitió ella.

–Me pareció que te divertías cuando hablabas con mi primo.

–¿Primo? ¿Podrías ser un poco más específico? Tienes cientos.

–Hakim.

–Ah, el médico. Sí, es muy agradable.

–Eso es lo que piensan todas las chicas antes de que él les rompa el corazón.

Eva observó cómo Karim se marchaba con un verdadero asombro. Cualquiera que no conociera las circunstancias, pensaría que su esposo estaba celoso. La siguiente vez que lo vio, la orquesta había comenzado a tocar una pieza lenta que atrajo a varias parejas a la pista de baile.

Eva, que desconocía el protocolo, se volvió a él para que le aclarara lo que había que hacer y vio que él la estaba observando con una expresión que ella no conseguía descifrar.

–¿Se supone que tenemos que bailar?

Karim, que tenía una importante erección, no creía que ni siquiera su túnica fuera capaz de ocultar su estado a Eva y a todos los presentes, si los dos bailaban juntos.

–No bailo –replicó, pero sí hacía otras cosas y aquella noche pensaba demostrárselo.

Diez minutos más tarde, Eva se sentía profundamente desmoralizada, tanto que le resultaba imposible concentrarse con lo que le decían Julia y su esposo Alain. ¿Qué era lo que Karim estaba tratando de hacer? ¿Humillarla?

«No dejes que nadie vea que te importa. No dejes que él vea que te importa».

Presumiblemente, el hecho de que Karim no bailara sólo se aplicaba a ella, porque, para alguien que no bailaba, lo estaba haciendo bastante bien con Layla entre sus brazos. Se movían como si se tratara de uno solo. Cuerpos unidos, cabezas juntas.

Eva había tratado con todas sus fuerzas de sobreponerse a la antipatía inicial que había sentido hacia Layla, pero había dejado de intentarlo. Se podía decir que había un choque de personalidades.

Se podía decir que había celos.

Cuando la música terminó por fin, Eva suspiró aliviadamente y se volvió para charlar con su acompañante. De reojo, vio que Karim realizaba una reverencia ante Layla. Antes de que él pudiera marcharse, Layla le tomó la mano y se acercó a él para susurrarle algo al oído.

Eva dejó de fingir que estaba charlando con su acompañante y observó a la pareja abiertamente con los ojos tan duros como las esmeraldas que le rodeaban el cuello. Vio que la pareja regresaba entre risas a la pista de baile.

Eva los observaba, pero no era la única. Notó que varias personas se volvían a mirarla. Ella incrementó el voltaje de su sonrisa y su nivel de animación en proporción con su interés.

Finalmente, cuando se rió a carcajadas, Alain se inclinó sobre ella con una expresión de genuina preocupación en el rostro.

—¿Te encuentras bien?

Eva negó con la cabeza lentamente.

—No, no me encuentro bien.

«Estoy enamorada de mi esposo».

Negó con la cabeza. ¡Eso era imposible!

—¿Quieres que vaya a buscar a alguien? ¿A Karim?

—¡No! ¡A Karim no!

Su vehemencia pareció quitarle a Alain la idea de la cabeza.

—¿Un vaso de agua, entonces?

—Sí, gracias. No hay necesidad de molestar a Karim —añadió.

«Tengo que controlarme, al menos hasta que pueda salir de aquí», pensó.

Alain asintió, pero no pareció de todo convencido de que Eva se encontrara bien. Tras verse en el cristal de una ventana, a Eva no le sorprendió. El único color que tenía en el rostro era el verde de sus ojos, que parecían enormes en aquella cara tan pálida.

Decidió que lo mejor que podía hacer era marcharse de allí. Por eso, en cuanto Alain se marchó, se dirigió hacia la puerta de la terraza.

En el jardín, algunos de los invitados paseaban en el patio, donde el sonido de las fuentes proporcionaba un fondo muy agradable para la conversación.

Eva intercambió algunos comentarios con varias personas. No tenía ni idea de lo que había dicho, pero, presumiblemente, tenía sentido porque todos parecieron comprender lo que decía.

Encontró una enorme puerta de metal y la atravesó. Tras cerrarla, se encontró en un largo pasillo, en el que la acogió un silencio casi monástico.

Capítulo 10

EVA CERRÓ los ojos cuando se apoyó contra el muro y sintió que los ojos se le llenaban de lágrimas. Se las secó con un gesto de furia y se incorporó.

–No te pongas histérica, Eva. Esto no es amor... Se trata tan sólo de una atracción sexual y, como tal, pasará.

Entonces, comenzó a reír. Acababa de comprender la ironía de que se sintiera disgustada porque existía la posibilidad de que estuviera enamorada de su propio esposo.

Decidió pasear durante unos minutos para despejarse. Cuando se encontró de nuevo en el exterior, cerca de la puerta de una verja, la idea de escapar, al menos temporalmente, resultó imposible de resistir.

Tal vez en el exterior, sin nadie que observara todos sus movimientos, conseguiría pensar. Contuvo el aliento y pasó por delante de la guardia armada. Al ver que no hacían ademán de detenerla, suspiró aliviada y salió del recinto del palacio, que estaba situado a unos cuantos kilómetros de la capital.

La avenida por la que avanzaba, que estaba alineada con palmeras y muy bien iluminada, se en-

contraba completamente desierta. Al recordar lo que
Karim le había dicho sobre los peligros del desierto,
sintió que la ansiedad se apoderaba de ella. La apartó
de su pensamiento. No se encontraba en el desierto,
sino en una avenida perfectamente iluminada. Además, el propio Karim le había dicho que allí prácticamente no había delincuencia.

Se encontraba en un lugar perfectamente seguro
y podía dar un paseo si quería. Levantó la barbilla.
De todos modos, Karim seguramente ni siquiera no-
taría su ausencia.

Decidió que se encontraba en una hermosa pri-
sión. Lo peor de todo era que había sido ella misma
la que se había encerrado allí, había tirado la llave y,
además, había terminado por enamorarse del carce-
lero.

—No. Es sólo sexo.

¿Lo sería también con Layla o Karim estaba enamorado de la hermosa mujer? Tal vez por eso no
parecía preocuparle en absoluto el hecho de que
no hubiera sexo en su matrimonio. Tenía a Layla
para que le diera calor cuando se ponía el sol.

Al imaginárselos juntos en la cama, sintió náuseas. Apretó los puños y decidió que iba a sacarle la
verdad aunque muriera en el intento.

Llevaba allí el tiempo suficiente para saber cómo
funcionaban los chismes en palacio. Estaba segura
de que si Layla era la amante de Karim, ella era
seguramente la única persona que no lo sabía. La
humillación de sentirse objeto de compasión le resultaba insoportable, al igual del hecho de llevar
varias semanas casada sin haber consumado su
matrimonio. Lo raro de todo aquello era que jamás

le había preocupado su celibato. En ocasiones había especulado con lo que se estaba perdiendo, pero en aquellos momentos sentía que se estaba volviendo loca.

El problema de todo aquello era que la batalla no estaba equilibrada. Probablemente, Karim era el hombre más sexy que había sobre la tierra y con mucha experiencia en el aspecto sexual. Por el contrario, la inexperiencia de Eva resultaba descorazonadora. Consistía exclusivamente en un par de besos de buenas noches y poco más.

¿Cómo se le podía confesar a un hombre que era prácticamente un experto en el terreno del sexo que su esposa carecía por completo de experiencia? Además, en aquellos momentos, había que añadir la complicación que suponía la figura de Layla, que era mucho más exuberante, más experimentada y mucho más cercana a Karim que ella, que era su propia esposa.

Decidió que si Karim creía que podía instaurar a Layla como su amante oficial, estaba muy equivocado. Se subió la estrecha falda por encima de las rodillas para caminar mejor y apretó el paso. Necesitaba descargar su cuerpo de la ira que lo atenazaba.

Karim debería haberle hablado de Layla. Ella tenía derecho a saber lo que había antes de comprometerse con él, aunque, dadas las razones que Karim le había dado para que se casaran, dudaba que el resultado hubiera sido diferente.

Estaba tan sumida en sus pensamientos que no se había dado cuenta de que había recorrido varios cientos de metros sin farolas. Con un suspiro, se dio la vuelta y volvió de mala gana sobre sus pasos. Lo hizo ya lentamente. La ira que la había consumido por dentro había desaparecido.

De repente, la ligera brisa que la había acompañado hasta entonces, comenzó a soplar con más fuerza. El viento la golpeaba por todos lados. La arena del desierto comenzó a picarle en el rostro. No tardó en darse cuenta de que estaba metida en un buen lío. La tormenta de arena era tan fuerte que ya casi no se veían las farolas ni dónde terminaba la carretera y dónde comenzaba la arena del desierto. Las altas torres y las relucientes ventanas del palacio apenas eran visibles.

El pánico se apoderó de ella, pero decidió que lo único que debía hacer por el momento era no abandonar la carretera y seguir andando.

–Eso no puede ser muy difícil...

Unos minutos más tarde, se vio obligada a reconocer que había tentado demasiado al destino. La superficie sobre la que caminaba ya no era asfalto. Aunque hubiera podido levantar la cabeza, no le habría servido de nada. La visibilidad era nula. La noche era muy oscura y la arena le golpeaba la suave piel sin piedad.

Comenzó a toser. Le estaba costando respirar. Cayó de rodillas. Se cubrió el rostro con las manos en un inútil intento de protegérselo.

No podía escuchar nada más que el sonido de la tormenta. De repente, una extraña sensación de tranquilidad se apoderó de ella. Alguien que va a morir no debería sentirse tan tranquila.

Levantó la cabeza... El dolor que le producía la arena en el rostro no resultó ser tan malo como había anticipado. ¿Acaso estaba amainando la tormenta? Una pequeña llama de esperanza se apoderó de ella y, en algún lugar de su ser, el instinto de supervivencia despertó dentro de ella.

–¡No puedo morir! ¡No quiero morir!

Si se moría, Karim se casaría con Layla.

–Eso tampoco es lo que yo quiero...

Cuando vio lo que parecía un montón de harapos, Karim se pensó lo peor. Entonces, el montón se movió ligeramente y, al oírla hablar, sintió una agradable sensación de alivio por todo el cuerpo.

Eva levantó la cabeza. Oír cosas no podía augurar nada bueno. Abrió a duras penas los ojos. La voz no estaba en el interior de su cabeza, sino que le resonaba en el oído.

La tormenta no había amainado. Era el cuerpo de un hombre, más concretamente su torso, amplio e increíblemente reconfortante, lo que la refugiaba de la dureza de la tormenta de arena.

Karim la había encontrado.

–¿Karim? No deberías haber venido. ¡Ahora vas a morir tú también! –gritó.

El viento agitaba su túnica blanca. Él se arrodilló junto a Eva. Parecía inmune a la fuerza del viento y a la arena. Tenía la parte inferior del rostro cubierta por una tela y, por encima de ésta, los ojos le relucían como estrellas.

–Nadie va a morir –le aseguró él tras acercar la boca al rostro de Eva como si fuera un amante–. Si esta tormenta te mata me arrebatará el placer de estrangularte con mis propias manos.

–Yo...

–¡Cállate!

Antes de que Eva pudiera responder, él la levantó y la acurrucó contra su cuerpo. En aquel momento, Karim se encontró atrapado entre la ira y la ternura. Eva trató de levantar la cabeza, pero él se lo impidió.

–¿Qué estás haciendo?

–Estoy pensando.

También le estaba acariciando el cabello en medio de aquella tormenta. La ternura de aquel gesto le llenó a Eva los ojos de lágrimas. Cerró los ojos y sintió la fuerza y el calor del cuerpo de Karim junto al suyo. Por primera vez, se permitió pensar que tenía alguna posibilidad de sobrevivir a aquella terrible tormenta.

Oyó que el vestido se le rasgaba. Cuando él la levantó, se sintió protegida por la túnica blanca que a él le envolvía y se aferró a su cuerpo con todas sus fuerzas.

–¡Agárrate fuerte!

Le resultó increíble que Karim pudiera ponerse de pie y avanzar con la carga adicional de su cuerpo. Eva se aferró a él con todas sus fuerzas y cerró los ojos. El amor que sentía hacia él la llenó tan plenamente que resultó por fin un alivio no tener que seguir luchando contra sus sentimientos.

¿Y si no tenía oportunidad de decirle lo que sentía? De nuevo los ojos se le llenaron de lágrimas.

–Ya no estamos lejos –le gritó Karim al oído.

Eva quiso preguntarle adónde se dirigían, pero no se sentía con fuerzas. El esfuerzo de agarrarse a él era tal que le dolían brazos y piernas. Una vez más, se preguntó cómo él podía seguir andando.

El rugir del viento y el golpeteo de la arena llevaba atormentándola tanto tiempo que, cuando cesó de repente, la desorientó.

Abrió los ojos y no vio nada más que una negra e impenetrable oscuridad. Aún se escuchaba el aullido del viento, pero ya en la lejanía. Eva pensó que, por fin, estaban a salvo. Se sentía demasiado aliviada para pensar dónde o cómo habían encontrado refugio.

–Espera aquí.

Karim la dejó en el suelo. Sin el apoyo de los fuertes brazos de él, Eva se desplomó en el suelo. Éste resultaba frío y duro bajo sus piernas desnudas.

–¡No me dejes! –le suplicó. Completamente desesperada, se aferró a una de las piernas de él.

Karim se agachó y, tras soltarle los dedos, le encontró el rostro con la mano que le quedaba libre y le apartó la arena que lo cubría.

–Tienes que quedarte aquí. Voy a buscar algo que nos dé luz, ¿de acuerdo?

Eva asintió. Cuando perdió el contacto con Karim, se echó a temblar, tanto por el hecho de estar en un lugar oscuro como por la pérdida de contacto físico con él.

–Te prometo que no me alejaré demasiado.

Así fue. Eva lo oía moverse en la oscuridad. Entonces, escuchó un sonido parecido a un arañazo y, de repente, se produjo la luz. Provenía de una vieja lámpara de queroseno. Ella parpadeó hasta que los ojos se le adaptaron a la luz.

Miró a su alrededor y pudo distinguir una tosca mesa contra la pared. A su lado, había una silla. Otra serie de objetos sugería que el lugar había estado ocupado en alguna ocasión.

–¿Dónde estamos?

Con la lámpara en la mano, Karim se le acercó. Apartó la suciedad que cubría la mesa y colocó la lámpara encima.

–Hogar dulce hogar –bromeó ella–. Aunque con menos pan de oro.

¿Cuántas mujeres hubieran bromeado después de pasar por una tormenta de arena en medio del desierto? La mayoría de las que conocía estarían completamente histéricas en aquel momento. Ella, por el contrario, sonreía. Karim se sintió lleno de... Sintió una verdadera conmoción al reconocer el sentimiento que lo hacía desear tomarla entre sus brazos con toda la ternura que pudiera reunir. La miró y, comprobó que, bajo la dorada luz de la lámpara de queroseno, ella era muy hermosa. Tanto que su imagen le dolía físicamente.

–Hay unas cuevas en una ladera de piedra. Hasta hace unos diez años, algunas de ellas estuvieron ocupadas, pero hace mucho tiempo vivió aquí una comunidad entera.

–¿Ya nadie vive aquí?

–No. No lo ves en su mejor momento –comentó él.

Eva levantó la mirada y vio que él la observaba con una extraña expresión en el rostro. La luz de la lámpara no era suficientemente fuerte como para que ella pudiera interpretarla, pero la intensidad de los ojos de Karim la enervaba.

Apartó la mirada y dibujó una línea con el dedo sobre la arena que cubría el suelo de piedra. Entonces, forzó una incómoda sonrisa.

–Tú tampoco me estás viendo a mí en el mío.

Capítulo 11

ESO NO era cierto. No podía apartar la mirada del rostro de Eva. Se quitó la tela que le cubría el rostro y se pasó una mano por el oscuro cabello.

–Pareces agotada...

Eva bajó la mirada y, al hacerlo, sus ojos se detuvieron sobre un objeto pintado que yacía medio oculto en la arena. Lo tomó y lo examinó.

–Es una muñeca. Me preguntó qué le pasó a la niña que la perdió. Si lloró cuando la perdió...

–La gente se deshace de las cosas cuando están rotas y, a veces, también cuando no lo están...

–¿Estás tratando de decirme que nosotros estamos rotos? ¿Que nuestro matrimonio está roto? ¿Acaso quieres la anulación? –preguntó. La idea debía de hacer que se sintiera aliviada. Después de todo, eso era precisamente lo que quería. Una vía de escape.

–¿Anulación, dices?

–¿Por qué no?

–¿A eso se debe todo este jaleo que has montado? ¿Crees que si te portas mal te dejaré marchar?

–Yo no he montado ningún jaleo –protestó ella con indignación–. ¿Acaso crees que planeé la tormenta de arena? Me he esforzado todo lo que he podido en ser lo que querías que fuera... pero no lo he conseguido –admitió con cierta sensación de derrota.

–Yo sólo quiero que seas tú misma, Eva...

–Lo que quieres, Karim, es que me vaya.

–Lo que quiero es... –susurró. Inmediatamente, se la imaginó desnuda junto a su cuerpo, besándolo y acariciándole. La imagen lo obligó a respirar profundamente para contenerse–. ¡No seas ridícula!

Karim se quedó sumido en un completo silencio que Eva no supo interpretar. Decidió que, tal vez, estaba tratando de encontrar las palabras para decirle lo que pensaba de ella. El deber era una cualidad muy importante en la vida de Karim y ella había fallado a la hora de cumplir el que era el suyo. Sin duda, le había causado a él y a su familia una profunda vergüenza política y personal con su comportamiento. Debería haber tratado de explicar sus actos, decirle que se había marchado porque se sentía enferma de celos al verlo bailar con su amante.

Decidió no hacerlo. Se pasó una mano por el rostro y decidió que no debía reflejar la inseguridad que estaba sintiendo.

Se miró el vestido, que para mayor ironía era blanco y virginal, y vio que estaba sucio y rasgado por varios sitios. Si su rostro y su cabello estaban en un estado similar, debía de parecer una vagabunda. No pudo reprimir una sonrisa.

–¿Qué te resulta tan divertido?

–Yo misma. También soy increíblemente superficial.

–Estás en estado de shock –le dijo él, a pesar de la necesidad abrumadora que sentía de tomarla entre sus brazos.

–Yo... –susurró. Sin poder evitarlo, se echó a temblar.

–Contrólate, Eva. No puedes tener un ataque de histeria.

–¿Que me controle? ¿Eres humano? Hemos estado a punto de morir ahí fuera –musitó ella.

–¿Quieres que me ponga en contacto con mi lado más femenino y me eche a llorar?

Aquella observación tan satírica hizo que ella levantara la vista para mirarlo.

–Para que conste, el hecho de que me digas que no haga algo podría hacer que yo quisiera hacerlo, aunque sea demasiado mayor para convertirme en una rebelde.

–Te agradezco la información pero, en este momento, no tengo tiempo para emplear la psicología a la inversa, por lo que te agradecería mucho si, simplemente, hicieras lo que te pido. Por supuesto, si deseas tener un ataque de histeria... Si forman parte de tu libertad, como lo de salir a dar un paseo en medio de una tormenta de arena, hazlo.

Eva había abierto la boca para replicar, pero decidió no hacerlo. Recordó el instante en el que pensó que no volvería a verlo y sintió que se le hacía un nudo en la garganta.

–Te aseguro que no estaba tratando de escapar. Yo sólo... sólo...

–¡Siéntate!

Aquella orden cortó de pleno la explicación que ella estaba tratando de darle. Karim repitió la instrucción añadiendo por favor y le ofreció una silla para que se sentara.

Eva le miró el rostro y sonrió. Entonces, Karim

extendió una mano. Cuando los dedos de ambos se rozaron, la oleada de pasión que recorrió el cuerpo de Eva fue tan intensa que ella no pudo evitar que una exclamación de sorpresa se le escapara de la garganta. Se sentó en la silla sin dejar de mirar los dedos de Karim, luchando contra la oleada de lujuria y deseo que la paralizaba por completo.

–Ven...

Sus miradas se cruzaron de nuevo. El aire se llenó de tensión cuando la mano de Karim cubrió la de ella.

–Estás temblando...

–Estoy bien. Sólo un poco... –«enamorada». En realidad, se sentía perdida, desesperadamente enamorada–. Es que he perdido un zapato –añadió. Entonces, se sentó de nuevo.

–Yo te compraré otro par –susurró él. Levantó la mano y le secó las lágrimas que caían por las sucias mejillas.

La ternura de aquel acto hizo que los ojos de Eva volvieran a llenársele de lágrimas.

–Por el amor de Dios, no seas tan amable conmigo...

–Acabas de pasar por una experiencia terrible.

–Pues nunca antes te ha supuesto ningún problema tratarme mal... ¿Es que quieres que llore?

–¡No! Te aseguro que no tengo deseo alguno de verte llorar.

–En ese caso, cambiemos de tema. ¿Viste alguna vez este lugar cuando aún estaba habitado?

–Sí. En realidad, resultaban casitas bastante cómodas. Eran frescas en verano y cálidas en invierno.

Eva lo contemplaba completamente hipnotizada. Sabía que recordaría aquel momento toda la vida. Incluso cuando fuera una anciana, podría recordar el sonido de su voz y detalles sin importancia como el modo en el que la arena se le adhería a las pestañas y a las cejas. Dios, estaba tan enamorada de él.

–Si sabes dónde están, se ven desde nuestras habitaciones de palacio. Están a unos pocos metros del recinto de palacio.

–¡Metros! No me puedo creer que estuviera tan cerca... –dijo ella, con una increíble sonrisa.

Karim había estado tratando de contener su ira desde que llegaron a su refugio, pero aquella sonrisa lo desató.

–¿Qué diablos te pasa?

Ella lo miró, asombrada por el brusco cambio de su comportamiento.

–¿Sabes lo cerca que has estado de morir?

Eva se sintió avergonzada. No sólo había estado a punto de morir, sino que también había estado a punto de hacerlo él por su culpa. No era de extrañar que estuviera enfadado con ella. Ni siquiera le había dado las gracias.

–Te estoy muy agradecida y siento haber arruinado la recepción. Sé que entre los invitados había muchas personas muy importantes y que seguramente no les he causado muy buena impresión... Además, he destrozado el vestido y sé que costó una fortuna. Aparte del zapato, creo que también he perdido un pendiente y seguramente es una joya familiar.

Karim la miró con incredulidad.

–¿Acaso crees que me importan los pendientes?

¿Es que te pasas en vela las noches pensando en maneras de conseguir que pierda los nervios?

–No –replicó ella, con los puños apretados–. No, me quedo tumbada pensando...

–¿Pensando qué?

Eva no podía confesarle lo que la mantenía despierta por las noches. No podía confesarle que se pasaba los días y las noches pensando en él.

–Sé que me he portado como una estúpida. Supongo que mi abuelo estará muy preocupado imaginándome muerta en alguna parte.

–No –mintió Karim. Sabía que seguramente Hassan estaría fuera de sí en aquellos instantes–. Sabe que estarás a salvo conmigo. ¿Por qué, Eva?

–¿Por qué, qué?

–¿Por qué te has marchado?

Eva pensó por un instante en contarle una mentira, pero al final, no se sintió con fuerzas.

–Todo el mundo estaba observando cómo bailabas con Layla y probablemente se estaban preguntando por qué no te casaste con ella.

–¿Con Layla?

–Sé que nuestro matrimonio no es real en el verdadero sentido de la palabra, pero, al menos, podrías ser discreto. No hacías nada más que estar pendiente de ella y supongo que, además, te pasaste la semana pasada con ella.

–¡Estás celosa! –exclamó. El descubrimiento no lo desagradaba en absoluto.

–Supongo que te gusta la idea de que las mujeres se peleen por ti. Lo siento, pero no me importa con quién te acuestes. El asunto cambia cuando presumes de amante delante de mí. Dadas las cir-

cunstancias de nuestro matrimonio, no esperaba
que tú te mantuvieras célibe, pero... ¿Te gustaría
a ti que yo presumiera de amante del mismo modo?

–No me gustaría en absoluto.

Eva, muy consciente del hecho de que Karim no
había negado tener una amante, no se percató de la
nota de advertencia que había en la voz de su esposo.

–Bueno, pues yo no te lo haría.

–¿Acaso estás pensando en echarte un amante en
un futuro próximo?

–No se trata de eso.

–Claro que se trata de eso, princesa. No habrá
amante alguno.

Eva sonrió con incredulidad. La hipocresía de
Karim era increíble.

–¿Significa eso que tú también vas a guardar celibato? –le preguntó ella.

–Bueno, no puedo decir que el celibato me siente
bien.

–¡Estupendo! –exclamó ella, furiosa–. Tú puedes
tener un harén si quieres, pero yo me tengo que con-
formar con hacer punto. ¡Eso es lo que más me
gusta de ti, que eres un hombre tan moderno!

–¿Te gusta hacer punto?

Eva entornó los ojos y lo miró con desaprobación.

–¡Odio hacer punto! Me da dolor de cabeza.

–Me imagino que un harén también me daría dolor de cabeza a mí. Yo sólo puedo con una mujer a
la vez. ¿Sabes una cosa? Tampoco creo que el celibato te siente bien a ti, princesa –observó él.

–¡En tu caso, todo tiene que ver con el sexo!

–¿Que en mi caso todo tiene que ver con el sexo? Posiblemente porque es algo de lo que carezco.

–¡Eso no es cierto! Bueno, no lo será al menos ahora que Layla ha regresado a la ciudad.

–Layla Al Ahmed es como un miembro de mi familia...

–¿Te ibas a casar con ella?

–¿Quién te ha contado eso?

–Parece ser más o menos lo que todo el mundo piensa.

–Bien, pues se equivocan. Nunca hubo posibilidad alguna de que yo me casara con Layla.

–¿De verdad?

–De verdad.

–¿Es tu amante?

–Yo no tengo amante. Estoy casado, Eva.

Ella tragó saliva y, de repente, sintió que lo creía. Se sintió muy aliviada.

–Creía que se te había olvidado. Yo no me siento casada.

–¿Y cómo podría yo conseguir que así fuera? –le preguntó él–. No te muevas.

Eva abrió la boca para preguntar por qué no, pero él se abalanzó sobre ella y le dio un golpe en el hombro con la mano abierta. La indignación que sintió de inicio desapareció cuando vio lo que él tenía entre los dedos. Se echó a temblar.

–¿Es venenoso? –preguntó. El escorpión ciertamente era muy feo.

Karim no respondió a su pregunta.

–Voy a deshacerme de esto.

En la cabaña de al lado escuchó el sonido del

agua fluyendo. Tras deshacerse del escorpión, fue a ve de dónde venía.

La aparición del venenoso insecto sobre la piel desnuda de Eva le había paralizado el corazón, pero le había hecho comprender también que sería de muy mal gusto hacerle el amor a su esposa por primera vez en el frío suelo de una polvorienta cueva llena de insectos venenosos.

La primera vez debía ser romántica. Sabía que ese tipo de cosas eran muy importantes para las mujeres. Por su parte, el lugar era irrelevante y cada segundo de espera le quitaba un año de vida, pero esperaría. Quería que la primera vez fuera perfecta.

Capítulo 12

EVA ESPERABA tan ansiosamente el regreso de Karim que suspiró aliviada al escuchar sus pasos.

–No he podido encontrar nada más que esto –dijo él. Colocó un bol de barro encima de la mesa. Eva vio que estaba lleno de agua.

–Tal vez quieras lavarte...

–¿De dónde has sacado el agua?

–En un nivel inferior de la cueva hay un manantial de agua que nunca se seca. Tal vez podrías utilizar esto –añadió, sacando como por arte de magia unas sábanas de algodón–. Son algo ásperas, pero están limpias.

Las dejó al lado del bol y se marchó sin decir palabra. Entonces, corrió la cortina que separaba las dos estancias.

Eva metió la mano en el bol. El agua estaba muy fría, pero no tanto como los modales distantes de Karim. Una vez más, tuvo que contenerse para que los ojos no se le llenaran de lágrimas.

«No voy a llorar», se dijo. Se bajó lo que le quedaba de cremallera y se quitó el vestido. A continuación hizo lo mismo con el sujetador y se inclinó sobre el bol para lavarse la cara y el cuello. A pesar de la gélida temperatura, se sintió bien. A continuación, rasgó un trozo de la sábana y lo utilizó como toalla para quitarse la arena de la piel.

Karim se detuvo. No había puerta a la que llamar. Su intención era decirle que la tormenta parecía estar amainando, pero se olvidó de ella en el momento en el que apartó la cortina y volvió a entrar en la estancia en la que se encontraba Eva.

Ella estaba de espaldas a él, desnuda a excepción de un par de braguitas. Karim se quedó completamente inmóvil, mirándola. Era mucho más perfecta de lo que había imaginado. Y claro que se la había imaginado. Llevaba semanas enfrentándose al deseo que sentía.

La miró a placer. Recorrió la suave curva de las caderas, la redonda perfección del trasero y las torneadas y largas piernas. Pensó en lo que se sentiría si esas piernas lo rodearan y no pudo impedir que un gemido se le escapara de la garganta.

El sonido sobresaltó a Eva e hizo que se diera la vuelta. Karim vio la sorpresa reflejada en su rostro. Estaba observándolo, con un trozo de tela cubriéndole los senos, aunque no en su totalidad. Un pezón rosado y erecto se asomaba por debajo, completamente empapado en agua.

El deseo se apoderó de él de tal forma que le cortó la respiración. Eva, por su parte, lo miró fijamente. Entonces, separó los labios y, de repente, dejó que las manos cayeran a los costados.

Durante un largo instante, sus miradas se cruzaron. Hipnotizada por la pasión que se reflejaba en los ojos de Karim, Eva sintió que las rodillas se le doblaban y tuvo que agarrarse a la mesa para no caerse.

Karim bajó los ojos. Oyó el gruñido, pero no lo asoció consigo mismo. Los erectos pezones que Eva tenía en los pequeños pero perfectos pechos reaccionaron bajo la caricia de sus ojos. El deseo se apoderó de él y prendió fue a su cuerpo. La necesidad de poseerla era muy superior a cualquier otro pensamiento que pudiera tener. Lo consumía por dentro.

Las manos de Eva se movieron, pero no se cubrió con ellas. Siguió mirándolo directamente, con una expresión grave y casi asustada en sus ojos verdes.

Cuando Karim se acercó lo suficiente, vio los temblores que recorrían visiblemente el cuerpo de Eva. Extendió la mano y le acarició suavemente el rostro.

El orgullo y la resistencia de Eva se deshicieron por completo en medio del fragor del deseo que le hervía en la sangre. Si Karim quería que le suplicara, lo haría. No podía soportar más aquel deseo. Ardía por sentir sus caricias.

—Karim, yo...

—No —susurró él, impidiéndole continuar. No se sentía orgulloso del modo en el que había tratado a Eva. Se sentía ciertamente avergonzado.

—Pero tú me dijiste que yo...

—Sé lo que te dije, *ma belle*...

—Yo...

—Deja que sea yo quien te lo diga —musitó él, mientras le acariciaba suavemente la mejilla.

—¿Decir qué?

—Te voy a suplicar, Eva. Te voy a suplicar que me acaricies —admitió mirándola fijamente a los ojos. Entonces, le tomó una mano y se la llevó suavemente a la boca para besarle los labios–. Tócame, Eva. Por favor, princesa mía –añadió mientras le besaba suavemente la palma de la mano–. Tócame, porque, si no lo haces, creo que voy a perder la cabeza.

Eva parpadeó. Tuvo que contener las lágrimas mientras levantaba la mano para acariciarle la mejilla.

–Creo que yo perdí la mía hace ya mucho tiempo –susurró mientras, con gesto de fascinación, le recorría la fuerte mandíbula con los dedos.

Karim le atrapó la mano y, tras tomarle también la otra, se llevó ambas a los labios.

–He soñado todas las noches desde que te conocí con sentir tus manos sobre mi cuerpo.

–Yo también te deseo tanto, Karim.

Muy suavemente, Karim bajó el rostro y le cubrió los labios con los suyos. Comenzó a mordisqueárselos suavemente, a deslizar la lengua por encima de la sensible carne. Entonces, susurró con voz ronca:

–Sabes tan dulce.

Entonces, le colocó las manos en las caderas y la atrajo hacia él. Eva contuvo la respiración al sentir cómo la erección de Karim rozaba la suavidad de su vientre. Le rodeó el cuello con los brazos y comenzó a besarlo también. Karim le devolvió la caricia primero con lenta sensualidad y luego con una pasión y un deseo primitivos que hicieron que ella gimiera de placer.

–Eres la mujer más hermosa que he visto en toda mi vida.

–Bésame otra vez, Karim...

Él lo hizo como si su intención fuera dejarla seca. Ella se quedó inmóvil en sus brazos, presa de una debilitadora fuerza que le había invadido rápidamente el cuerpo. No pudo tener otro pensamiento coherente hasta que él dejó de besarla.

–No pares... ¿Qué estás haciendo? –protestó, al notar que él la expulsaba del círculo protector de sus brazos.

Entonces, vio que él se arrodillaba ante ella y le miraba fijamente los pechos desnudos. No pudo evitar ruborizarse e, instintivamente, levantó las manos para cubrirse.

La reacción de Karim fue más rápida. Antes de que ella pudiera completar la acción, le agarró las muñecas y se las colocó firmemente en los costados. Sin poder evitarlo, Eva cerró los ojos.

–Ábrelos, Eva.

Ella obedeció.

–Mírame.

Respondió a la última instrucción de mala gana.

–No quiero que te cubras nunca para que yo no te vea.

–Pero...

–Esto es innegociable. Eres mi esposa y yo deseo mirarte...

Antes de que ella pudiera responder, Karim apartó los ojos de las tentadoras curvas que tenía ante sus ojos y le besó el vientre. Eva contuvo la respiración y gimió de placer cuando Karim comenzó a trazar un sendero con sensual lentitud sobre la suave curva de la tripa, dejando un húmedo rastro sobre la delicada piel desde el borde de las braguitas hasta el valle sobre el que se erguían sus senos. Aquel lento progreso provocó una serie de roncos gemidos por parte de Eva. Ésta, al mirar hacia abajo, se sonrojó.

–Esto es... ¡Dios mío! –exclamó. Extendió los dedos en el negro cabello de Karim y comprendió que aquella imagen tan erótica quedaría grabada en su pensamiento para siempre–. Eres...

–¿Qué soy, princesa mía? –le preguntó él. Aunque Eva no respondió, Karim leyó lo que ella quería decir en su mirada–. Tienes la piel como la seda...

Eva echó la cabeza hacia atrás y lanzó un nuevo gemido cuando él se introdujo un pezón en la boca y lo chupó ávidamente mientras con los largos dedos acariciaba la cremosa y blanca carne del seno. Ella tuvo que morderse los labios mientras él tiraba suavemente de la rosada carne, la mordisqueaba y la lamía, provocando placenteras oleadas de placer por el cuerpo de Eva.

–Esto es... ¡Oh!

Eva había alcanzado el punto donde creía que ya no podría soportar por más tiempo aquel sensual tormento cuando él, de repente, levantó la cabeza. Le agarró las manos y la hizo arrodillarse a su lado. Entonces, la ayudó a tumbarse sobre la fría piedra.

–El suelo está muy duro –dijo–. Lo siento...

–No me importa.

Sin dejar de observarla, Karim se despojó de su túnica. A la suave luz de la lámpara, su piel relucía como si fuera de oro. Parecía una estatua de carne y hueso. Ella le colocó las manos sobre el torso y cerró los ojos para disfrutar aún más con aquella experiencia táctil.

–Karim, tengo que decirte una cosa...

Él se tumbó sobre ella y la miró dulcemente a los ojos.

–Más tarde, *ma belle*. Necesito... necesito besarte. Necesito saborearte.

Ella gimió de placer y se retorció bajo su peso. El poder que exhalaba el cuerpo de Karim la excitaba más de lo que hubiera creído posible. Dejó que él le separara las piernas y no sintió reparo alguno a la hora de ofrecerse a él.

Después de unos minutos de frenéticas caricias, él se apartó un poco de Eva y le tomó la mano. Entonces, se la guió hacia la gruesa columna de su erección.

–Esto es lo mucho que te deseo, princesa. No puedo esperar más.

–Pues no lo hagas... quiero que sigamos...

Sin apartar los ojos de los de ella, se colocó encima y la penetró. Eva sintió que se quedaba sin aliento, pero sus tensos músculos se relajaron y lo sintió por fin dentro de ella. Cerró los ojos.

–Eres tan... ¡Esto es tan bueno!

Karim comenzó a moverse dentro de ella, cada vez más profundamente, retirándose una y otra vez, llevándola al borde del clímax, para luego hundirse profundamente en ella y excitarla cada vez más.

Eva sintió que Karim temblaba encima de ella justo cuando alcanzaba su propio clímax. Gritó de placer y de excitación. Permaneció flotando durante mucho tiempo, dejándose llevar, sintiendo que cada una de las células de su cuerpo gozaba con la experiencia vivida.

–¿Por qué no me dijiste que eras virgen?

–Ya te dije que no habíamos tenido relaciones sexuales, pero no me creíste –le recordó ella.

–¿Cómo es posible?

–Jamás me gustó lo del sexo casual.

–Y todas las cosas que te dije... ¿Hay algo más que yo debería saber?

–Bueno, después de esa estúpida pelea en el hospital... me turbó bastante lo de tener hijos, pero me he ido haciendo a la idea. Desgraciadamente, parecía que tú no me querías a tu lado.

–Estaba con mi padre. Su estado es...

–¿Y por qué no me lo dijiste?

–No tengo por costumbre compartir ese tipo de cosas.

–Pues eso me distanció profundamente de ti, además del hecho de que te imaginaba en la cama con otras mujeres.

–No ha habido sitio ni en mi cama ni en mis pensamientos para nadie más que tú últimamente.

Últimamente... ¿Y en el futuro?

Eva apartó aquellos oscuros pensamientos y admitió que ella también había estado pensando en él.

–¡Pero sí pudiste escribir una tesis!

–Digamos más bien que la pulí. Anoche incluso saqué valor para ir a tu dormitorio, pero no estabas allí.

–¿Que tú...? Estaba tratando de sublimar mis necesidades, tal y como lo he hecho desde que regresé a casa.

–¿Con quién?

–Dependía del caballo que no hubiera hecho ejercicio.

–¿Estás diciendo que salías a montar a caballo?

–Como un loco.

Eva suspiró aliviada.

–Me alegro mucho, pero eso de montar a caballo

por las noches me parece un poco peligroso. Te podrías haber roto el cuello. Me alegro mucho de que no fuera así...

–¿Por qué ha tardado tanto tiempo en ocurrir algo así entre nosotros?

Eva se acurrucó a su lado y permitió que el calor que emanaba del cuerpo de Karim le caldeara su piel.

–Porque tú eres muy testarudo y jamás estabas en tu habitación y yo tenía vergüenza.

–¿Vergüenza?

–Sí. ¿Cómo iba a poder ir a suplicarte que me llevaras a la cama cuando, evidentemente, estabas esperando que yo fuera una especie de máquina sexual? Tenía miedo de desilusionarte. Para ser sincera, esto de ser virgen se había convertido en un peso. El hecho es que no tuvimos relaciones sexuales la noche que te presentaste en mi piso...

–Completamente drogado.

–¿Cómo dices?

–Es una larga historia. En estos momentos, prefiero escuchar la tuya.

–No tuve relaciones sexuales contigo por motivos éticos, pero tú sí empezaste a... Bueno, ya sabes.

–Me lo imagino.

A Karim le divertía que ella pudiera mostrarse tímida después de lo que habían compartido. «Sexo. No lo conviertas en algo que no es». Eva jamás hablaba de amor. Sólo de sexo.

Era lo mejor.

–Me alegro de que no lo hiciéramos. Entonces, no habrías sabido que estabas haciendo el... que te estabas acostando conmigo –dijo, evitando decir la expresión «hacer el amor»–. Sin embargo, ahora sí lo sabes.

–Claro que sí, *ma belle*.

–Y vamos a volver a hacerlo. Ya no dormiremos en camas separadas.

–Ni hablar. Ni tampoco lo haremos en suelos de piedra, creo. Aunque... ¿te parece bien una vez más?

–¿Puedes? Es decir...

–Claro que puedo.

Eva miró hacia abajo.

–Ya lo veo.

Capítulo 13

LA EXPRESIÓN que Amira tenía en el rostro cuando le regaló un ramo de flores hizo que a Eva se le formara un nudo en la garganta.

—Son nuestras primeras flores —le dijo la niña con orgullo.

Eva se llevó el ramo al rostro e inhaló el perfume de las flores recién cortadas. El pequeño jardín que habían comenzado juntas había empezado a florecer, lo mismo que ocurría con su relación personal con su hijastra. No había tenido ninguno de los problemas que había anticipado. Amira la había aceptado con los brazos abiertos, sin mostrar ni celos ni competitividad con ella. La niña era muy madura, seguramente por todo lo que había tenido que pasar en su corta vida y por estar tanto tiempo en compañía de adultos.

—Estabas pensando en papá, ¿verdad? —le dijo. La capacidad de percepción de la niña era increíble.

—Yo...

—Se te pone una expresión ñoña en el rostro, y también un poco triste.

Eva se sintió fatal por ser tan transparente para una niña. A la pequeña Amira no se le había pasado por alto lo enamorada que estaba de su padre.

—¿Te recuerdan las flores a tu casa? —le preguntó Amira. Su curiosidad sobre Eva era insaciable.

–¿A mi casa?

–Sí. A Inglaterra.

–Un poco –admitió Eva–. El olor más que nada.

Efectivamente, tenía momentos de nostalgia, pero jamás duraban mucho tiempo. Su nuevo mundo, su nuevo hogar, resultaba demasiado fascinante.

–¿Cuando eras pequeña como yo tenías tu propio jardín?

–Sí, claro. ¿Por qué no te vas corriendo a tu habitación para lavarte las manos mientras yo voy a buscar un jarrón para poner en agua estas espléndidas flores?

Eva siguió a la niña a un paso más lento. En el interior, se quitó el sombrero que Karim había insistido tanto en que se pusiera para proteger su blanca piel del sol, y se dirigió al salón que utilizaba todas las mañanas para ponerse al día con su correspondencia. Ésta se había incrementado tanto que estaba a punto de aceptar el ofrecimiento de Karim de que tomara un secretaria.

Lo que había comenzado como una visita informal a una asociación benéfica para los huérfanos se había convertido prácticamente en un compromiso a tiempo completo. No había tardado mucho en darse cuenta de que su nombre, o más bien, el de Karim, conseguía muchas cosas.

Acababa de terminar de colocar las flores en un jarrón cuando uno de los sirvientes le anunció que tenía una visita. Eva tuvo tiempo de apartarse un mechón de cabello de la mejilla y de ponerse una sonrisa en los labios antes de que hicieran pasar a su visitante. Al ver que se trataba de Layla, la sonrisa se borró ligeramente.

Seis meses después de su matrimonio, la sensación de inseguridad de Layla había disminuido considerablemente. Ya podía ver a Layla y a Karim en la misma sala sin querer ponerse a gritar. Tenía que admitir que, en parte, esto se debía que cuando estaba a su lado, Karim jamás parecía querer estar en otro lugar. Además, cuando estaban separados, siempre parecía ansioso por regresar.

Sin embargo, su nueva seguridad en sí misma tenía sus límites. Creía a Karim cuando él le decía que nunca había tenido sentimientos románticos hacia Layla, pero no se le escapaba lo evidente que era que ésta sí sentía algo por él.

–Me temo que Karim no está –dijo.

–Lo sé.

La sonrisa de Layla tenía una cierta cualidad felina. Eva trató de no sentirse como un ratón acorralado cuando Layla sacó las garras y añadió:

–He venido a verte a ti.

Eva recibió esta información con cautela. Hasta aquel momento, Layla no había mostrado inclinación alguna por buscar su compañía, una situación que Eva agradecía.

–¿Sí?

Layla recorrió la sala y paseó sus uñas por encima del mueble sobre el que Eva había colocado el jarrón de flores. La expresión de su rostro adquirió una cierto desprecio al verlas.

–Qué... pintoresco –comentó, mirando a Eva y no a las flores.

–¿Te puedo ayudar en algo, Layla?

–Más bien hay algo con lo que yo te puedo ayudar a ti. ¿Sabes dónde está hoy Karim?

–En una reunión. Están organizando la inauguración oficial del hospital.

Como el padre de Layla también formaba parte del grupo de organizadores y Layla lo sabía, Eva no veía razón alguna para sacar aquello a colación.

La expresión de Layla adquirió tintes de malicia. Soltó una carcajada.

–¿Es eso lo que te ha contado? Pobre Eva.

–Karim nunca me miente –replicó ella con seguridad–. Ni habla de mí contigo –añadió.

–Tal vez no te cuenta toda la verdad –sugirió Layla–. Creo que podrías ser la única persona que no sepa de qué tema se está hablando.

Eva fingió aburrimiento, aunque el estómago le ardía de náuseas y de aprensión. Levantó la barbilla y sugirió:

–¿Por qué no me dices lo que no sé, Layla, tal y como parece que es el propósito de esta deliciosa visita?

–¿Estás segura de que quieres saberlo? Están redactando los últimos flecos de vuestra separación.

Eva la miró sin comprender.

–¿Separación?

–Karim no tiene heredero...

–Pero si sólo llevamos casados seis meses –comentó ella. Se había quedado muy pálida.

Estaba segura de que Karim la deseaba. El modo en el que le hacía el amor no dejaba duda alguna, pero jamás había fingido amarla.

–Además, creo que eso es un asunto privado –añadió, dedicando a Layla una gélida mirada.

–¿Privado, dices? –repitió Layla con desprecio–. No puedes ser tan ingenua, ¿verdad? Efectivamente, tal vez no lo seas tanto. Tengo que admitirlo. Cazaste a nuestro príncipe cuando muchas de nosotras lo habíamos intentado y fracasamos en el intento.

–¿Te incluyes tú entre esas mujeres, Layla?

El comentario le reportó una gélida mirada que hizo que, involuntariamente, diera un paso atrás. Sabía que Layla no tenía simpatía alguna hacia ella, pero estaba empezando a darse cuenta hasta qué punto.

–Karim habría tenido que casarse en algún momento, pero yo no vi mal alguno en permitir que disfrutara de su libertad.

–¡Permitir, dices!

Evidentemente, Layla estaba muy equivocada. La única persona cuyos sentimientos tenía en cuenta Karim era su hija. Y, por supuesto, siempre pensaba en su país antes de tomar una decisión.

Layla entornó la mirada.

–¿De verdad crees que tu posición es tan segura? Bien, pues te aseguro que estás viviendo en Babia. Sigue ahí si quieres mientras puedas porque tu principal función es proporcionar un heredero. Si no puedes hacerlo, no tardarás mucho en ser historia. Karim te repudiará y se unirá a alguien que sí pueda.

¿Sería cierto que podría ocurrir algo así? ¿Acaso había imaginado el vínculo que creía que existía entre ellos? Después de todo, el suyo había sido un matrimonio de conveniencia. Si se demostraba que ella era estéril, nadie podría reprocharle nada a Karim por repudiarla. Sería su deber.

–¿Alguien como tú, por ejemplo?

–Es cierto que Karim y yo siempre hemos estado muy unidos...

La malicia de aquella mujer hizo que Eva se sintiera muy mal. ¿Sería posible que hubiera algo de verdad en aquellas palabras?

—Mi padre ha sacado el tema a colación. Sintió que era su deber, pero, en realidad, fue Karim quien sugirió hablar del tema con el consejo en pleno. No te preocupes. Estoy segura de que la pensión que se te adjudicará será más que generosa.

—Tal vez yo ya esté embarazada...

Vio cómo Layla palidecía.

—¿Lo estás?

—Como te he dicho antes, creo que estos asuntos deben quedar entre marido y mujer, pero te agradezco tus intenciones al venir hoy a visitarme, Layla. Me aseguraré de contarle a Karim lo amable que has sido.

—En realidad, no... Yo... —susurró Layla, visiblemente alarmada.

—Ahora, si me perdonas, tengo cosas de las que ocuparme antes de que Karim regrese.

Siguió sonriendo hasta que Layla se marchó. El hecho de que ésta se fuera mucho menos conforme de lo que había llegado, hizo que el esfuerzo por contenerse mereciera la pena.

Eva consiguió llegar hasta su dormitorio. Allí, perdió completamente la compostura. Cerró la puerta y se arrojó sobre la enorme cama que compartía con Karim. Golpeó las almohadas con los puños y comenzó a sollozar. Finalmente, cuando se sintió física y emocionalmente agotada, se puso de espaldas y miró el techo. Se apartó el cabello del rostro. Después de la tormenta emocional que había soportado, se sentía agotada pero también decidida.

Si iba a terminar marchándose, sería cuando ella lo decidiera. Decidió que aquél era precisamente el mejor momento.

En uno de los enormes vestidores que tenía, cinco en total, estaban las maletas con las que había llegado. Las colocó sobre la cama y entonces, tras abrir los cajones, comenzó a apilar sus contenidos en ellas.

Capítulo 14

Qué ESTÁS haciendo?

Eva se dio la vuelta. El tono de la frase había sido tranquilo. El lenguaje corporal resultaba demasiado relajado. Karim estaba apoyado contra la pared, con un tobillo cruzado por encima del otro. Sin embargo, Eva reconocía la tranquilidad que precede a la tormenta. No se sintió engañada. ¡Lo que menos necesitaba en aquellos momentos era una escena!

Con deliberación, se dio la vuelta y se puso de espaldas a él para seguir haciendo la maleta. Oyó que él decía algo en árabe.

–¿Te importaría explicarme qué es lo que pasa?

–¡No te voy a explicar nada! Maldita sea... Tú eres el que tiene una inteligencia muy rápida. Yo diría que habrías comprendido lo que pasa inmediatamente y sin necesidad de que yo te lo explicara. Estoy haciendo la maleta. ¿Ves? –le preguntó, tras tomar un zapato y meterlo en la maleta–. Ha-ci-en-do-la-ma-le-ta.

–Eva...

–Te voy a dejar.

–¿Que me vas a dejar? No. No me vas a dejar

Había sido un largo día, un día que no había deseado que llegara. Sin embargo, creía firmemente en empezar a luchar con el enemigo sin esperar a que éste llame a la puerta. Hasta el momento, se sentía bastante contento con los resultados de su estrategia.

–Eso es lo que crees, ¿verdad? –le espetó ella, dándose de nuevo la vuelta, con la voz llena de ira–. Que sólo tienes que decir algo para que ocurra. Bueno, pues esta vez no va a ser así. ¡Trata de impedir que me marche! –exclamó, mientras le golpeaba en el pecho con un dedo.

Mientras levantaba la mano para secarse las lágrimas, vio cómo Karim se apartaba de su lado. La expresión de triste determinación que tenía en el rostro no resultaba nada tranquilizadora.

Dio un paso atrás, sin saber lo que él iba a hacer.

–¿Qué...? ¿Qué es lo que vas a hacer?

Sin pronunciar palabra, Karim la miró a los ojos mientras cerraba con fuerza la tapa de una maleta.

–Deja eso.

Eva trató de arrebatarle a Karim la maleta que éste ya tenía entre sus manos, pero no pudo. Llena de impotencia, vio cómo él se dirigía a la puerta que daba al balcón.

–¿Qué estás haciendo, Karim? ¡Detente! ¡Oh, Dios mío! –exclamó ella, asombrada, al ver que Karim vaciaba el contenido de la maleta y dejaba que éstos cayeran al patio que había más abajo.

–El método es bastante brusco –admitió él–, pero me has invitado a que te detuviera.

–¡Estás loco! –gritó ella, a tiempo de ver cómo el contenido de su segunda maleta caía también sobre la primera. Sus pertenencias, principalmente ropa interior y zapatos, yacían esparcidas por todo el patio.

–¿Por qué querías marcharte?

–¡No es que quisiera marcharme! ¡Es que sigo queriendo hacerlo!

–No seas ridícula, Eva...

–Al menos, no se me volverá a hablar con tanta condescendencia. En cuanto a mi ropa, me iré con lo puesto, no me importa.

–¿Por qué, Eva?

–Es mejor saltar que ser empujada –susurró ella, con los ojos llenos de lágrimas.

–¿Qué demonios quieres decir con eso?

–No hay necesidad de seguir fingiendo, Karim. Sé lo de la reunión.

Karim, que tenía las manos extendidas para agarrarla, se quedó helado.

–¿Cuántos meses habéis decidido que deben pasar hasta que se me declare oficialmente estéril?

Karim guardó silencio.

–Siento curiosidad. ¿Cuál es el valor de una esposa estéril a la que se ha repudiado?

–*Mon dieu,* no voy a consentir que hables así de ti.

Eva dio un paso atrás, lo que la acercó peligrosamente al borde del balcón. Miró hacia abajo y se sintió mareada. Entonces, giró el rostro para enfrentarse a Karim y se sintió aún más.

–¿Acaso te piensas alguna vez las cosas antes de actuar?

–Y eso me lo dices tú precisamente. Podrías haber matado a alguien –dijo ella, señalando el patio.

–Según tengo entendido, un sujetador no está considerado un arma mortal. Ahora, me gustaría saber quién te ha dicho todo eso.

Eva negó con la cabeza.

–Te aseguro que lo averiguaré.

–No importa quién me lo haya dicho –afirmó ella.

–Creo que me imagino quién habrá sido...

Decidió que Layla tendría que esperar. Centró toda su atención en su esposa. Sintió una irrefrenable ternura hacia ella. Tenía un aspecto tan frágil... Sin embargo, sabía que esa fragilidad escondía una mujer fuerte y valiente, con unas pasiones que igualaban a las de él.

–Ahora, me gustaría que te sentaras y que me dejaras explicarme, *ma belle*.

–¿Que te deje explicarte...? ¡Lo que quieres es que me tumbe! –rugió ella–. Crees que lo único que tienes que hacer es meterme en la cama para que yo me trague toda la basura que me quieras contar. No necesito que me expliques nada. Lo comprendo todo perfectamente.

–Lo dudo.

Karim le colocó las manos sobre los hombros y la apartó del balcón. A continuación, la condujo hasta una silla.

–Puedes decirme todo lo que quieras, pero yo sé que no soy la esposa que tú habrías elegido. Sin embargo, necesitabas una y tuviste que quedarte conmigo. El problema es que necesitas un heredero.

–¿Es eso lo que te ha dicho Layla?

Eva se sobresaltó al escuchar ese nombre. Respondió por fin a la insistencia de Karim y tomó asiento.

–Si no te doy un niño, nadie, ni siquiera mi abuelo, te culparía si me repudiaras a favor de alguien que pudiera hacerlo. Lo sabía todo... Sin embargo, lo que no sabía, lo que me hace sentir... –susurró. Sin poderlo evitar, se echó a temblar. Estaba muy pálida y agitada–. Lo que no sabía era que este tema figuraría en la agenda de una reunión del consejo de Estado y que tú hablarías sobre mí como si yo fuera otro tema a tratar con esos hombres...

–Por lo tanto, decidiste anticiparte a los acontecimientos y salir corriendo, ¿verdad? ¿Me ibas a dejar al menos una nota? –le preguntó con ironía–. Tienes razón. Jamás te habría elegido a ti, pero lo hice. Es a ti a quien tengo a mi lado...

Y así seguiría siendo. Karim ya no podía imaginar la vida sin Eva junto a él.

Eva levantó el rostro y dejó que él se lo enmarcara entre las manos. Con un pulgar, Karim le secó una lágrima.

–Esto es algo que no cuestiono. Tampoco me paso las noches en vela pensando qué cadena de acontecimientos hizo que se produjera esto ni especulo con el hecho de si fue el destino cósmico, la suerte o la pura casualidad lo que me llevó hasta tu casa. Simplemente lo acepto y jamás, nunca jamás, dejaré de estar agradecido por lo que ocurrió.

Al escuchar aquellas palabras, Eva sintió que se le detenía el corazón. ¿Le estarían mintiendo aquellos ojos? Karim le estaba diciendo cosas que casi no se atrevía a creer, cosas que lo contradecían todo.

–¿Agradecido? –repitió ella, negando con la cabeza. Se dijo que sólo estaba viendo lo que quería ver–. Tú concertaste citas, redactaste contratos... Ahora quieres librarte de mí. ¿Cuánto tiempo tengo? ¿Seis meses? ¿Un año?

Sacudió la cabeza y trató de zafarse de las manos de Karim. De algún modo, los dedos de ella terminaron enredándose en los de él y acabaron sobre el corazón de su esposo. Eva sentía los latidos a través de la túnica de algodón que llevaba sobre los pantalones de montar.

–Efectivamente, se espera de mí que proporcione un heredero. No es algo poco racional. ¿Tú quieres hijos?

–¡Sí! –admitió ella. La emoción le había hecho un nudo en la garganta.

–Entonces, ¿dónde está el problema?

Ella lo miró atónita. No se podía creer que él no comprendiera por qué estaba tan disgustada.

–Te encuentro haciendo las maletas y cuando me miras, lo haces como si yo fuera tu enemigo. No lo soy, Eva. Eres mi amante, mi esposa... Esa reunión no ha sido lo que tú crees. ¡Olvídate de lo que te haya dicho Layla y escúchame a mí!

Eva sintió que estaba perdiendo la batalla. Lo miró con cautela y asintió.

–Está bien. Cuéntame.

–Hay algunos consejeros, menos de los que tú crees, que ocupan posiciones de importancia y que piensan que tú no eres adecuada como esposa.

Ésos, en pocas palabras, tenían que mantener sus intereses personales y culpaban a la influencia que su esposa ejercía sobre Karim en la aprobación de ciertas reformas que habían tenido un fuerte impacto en sus bolsillos. Sin embargo, esos cambios llevaban gestándose mucho tiempo. Cuando Karim se enteró de la campaña que tenía como objetivo a Eva, su primera respuesta fue hacer que aquella escoria avariciosa se tragara sus mentiras. Sin embargo, cuando consideró la cuestión más fríamente, se dio cuenta de que esas personas, sin quererlo, le habían hecho un favor. Lo habían forzado a tomar la iniciativa, algo que había hecho con mucho gusto.

No le había resultado tan difícil. Sus oponentes siempre se habían movido sobre terreno muy poco firme. Bastaba ver lo fácil que era quitarles valor a sus afirmaciones para darse cuenta de lo bien que lo estaba haciendo Eva en su papel de princesa.

Por supuesto, el hecho de que Eva no estuviera embarazada aún era un problema.

–Sé que estaban pensando en presentarme un ultimátum, pero yo les gané la partida.

–Es decir, les dijiste que ya habías decidido divorciarte de mí –afirmó ella. A pesar de que tenía roto el corazón, su voz sonaba tranquila y controlada.

–Si sigues hablando de divorcio, princesa mía, empezaré a pensar que eso es precisamente lo que tú deseas... No. No es eso. Les dije claramente que no habría divorcio.

–¿Y por qué dijiste eso?

Karim había imaginado que, en aquel momento, ella se arrojaría a sus brazos y comenzaría a llorar de felicidad.

–Ésa no era la respuesta que yo había imaginado. ¿Sigues queriendo hacer las maletas y marcharte?

–Bueno, creo que eso simplificaría mucho las cosas.

–Nuestra relación no ha tenido nada de sencillo desde que comenzó –afirmó él mientras le acariciaba suavemente el rostro–. Tú dijiste que querías tener un hijo, un hijo nuestro... hijos, tal vez.

–Por supuesto que sí –replicó ella. Desde que estaba enamorada de él, no tenía duda alguna–, pero,

¿y si no puedo tenerlos? No te quedará más remedio que divorciarte de mí, Karim.

–Siempre hay una elección...

–Mira, sé que es lo peor que podemos imaginar, pero...

–Si yo no pudiera darte el hijo que tú deseas, ¿me repudiarías a mí?

–¡Por supuesto que no! –exclamó ella.

–¿No te das cuenta de la inconsistencia que hay en todo esto?

–Es diferente.

–¿Dónde está la diferencia? Mírame, Eva, y dime dónde está la diferencia. Sin embargo, tenemos que hablar de esto sin perder de vista el hecho de que esto no va a ocurrir nunca...

–Eso no puedes saberlo...

–Dime una cosa –dijo él, interrumpiéndola–. ¿Por qué tienes que poner unas reglas para mí y otras para ti, princesa?

–El hecho de que la gente pueda hablar sobre mí me hace sentir muy...

–Lo sé.

–¿Cómo vas a saber tú lo que se siente? Todo el mundo sabe que tú puedes tener hijos. Ya tienes a Amira.

–Sí, tengo a Amira. Los dos tenemos a Amira...

Eva estuvo a punto de echarse a llorar. Si tenía que marcharse, echaría de menos terriblemente a la pequeña.

–¡Habría sido mejor que no nos hubiéramos conocido nunca!

Tras escuchar sus palabras, Karim negó con la cabeza.

–No, eso no es cierto. Tú me amas, Eva.

Fue una simple afirmación, pero fue capaz de destruir por completo las defensas de ella. Los labios comenzaron a temblarle.

–Sí, te amo, Karim... no quería hacerlo –admitió–. Traté de no hacerlo.

Capítulo 15

KARIM echó la cabeza hacia atrás y dejó escapar un suspiro. Entonces, murmuró algo en su lengua.

Eva se sentía algo abrumada por haber consentido que él le hiciera confesar sus sentimientos. Adoptó un aire de cierta beligerancia mientras esperaba que él respondiera.

Karim levantó el rostro y sonrió. Aquel gesto hizo que Eva se sintiera aún más nerviosa.

–Si te sirve de consuelo –dijo él–, yo también traté que no me ocurriera lo mismo. Intenté no enamorarme de ti, pero ya hace tiempo que he dejado de intentarlo...

Durante un largo instante, se miraron el uno al otro. Entonces, con un sollozo, Eva se arrojó a sus brazos. Se abrazaron con fuerza y se besaron mientras Karim la levantaba del suelo y daba vueltas con ella.

Los gritos de triunfo que él lanzaba se veían reflejados en una emoción salvaje y gozosa que envolvía a Eva. Se abrazó con fuerza a él y lo besó con entusiasmo.

Sin dejar de besarse, cayeron juntos sobre la cama. Los besos siguieron, acompañados de gemidos, murmullos y suspiros hasta que los dos se detuvieron para recuperar el aliento.

–Me amas... –susurró ella. Se sentía plenamente feliz–. ¿No te parece que llevas demasiada ropa puesta?

–No, Eva –dijo él–. Primero debo decirte algo que te debería haber contado antes.

–Tú dirás –musitó ella, no sin cierta aprensión. Mientras la amara, podría superar cualquier cosa.

–Se trata de algo que no sabe nadie con la excepción de Hakim y de un médico de Londres. Es muy importante que este secreto permanezca entre nosotros dos, princesa mía.

–Por supuesto. No me importa lo que sea. Seguiré amándote. Sin embargo, te ruego que me lo digas pronto porque me estás asustando.

–Amira no es hija mía.

Eva se quedó asombrada al escuchar aquella confesión.

–¿Y cómo es eso posible?

–Ya sabes que mi primer matrimonio fue concertado.

–Sí.

–Zara me lo dijo la noche de bodas.

–¿Qué fue lo que te dijo?

–Que estaba embarazada de otro hombre.

–¡Oh, no, Karim! ¡Debiste de sentirte fatal!

Eva no se podía creer lo que acababa de escuchar. Ella siempre había creído que el primer matrimonio de Karim había sido perfecto y, por ello, se había sentido completamente inadecuada al compararse con la hermosa Zara. Resultaba que todo era una mentira.

–Eso es poco. Me sentí humillado, furioso... Mi orgullo de hombre estaba herido. A ninguno nos gusta sentir que una mujer lo ha dejado en ridículo.

Desde entonces, siempre me he sentido inclinado a pensar que una persona es culpable antes de que se demuestre que es inocente, como tú has podido comprobar. La noche en la que me di cuenta de que tú eras inocente, comprendí en lo que me había convertido. Había dejado que una única mala experiencia me convirtiera en un hombre que no era, un hombre que sólo veía el mal, nunca el bien... Tú me has reeducado –añadió, mirándola con cariño.

–Tú también me has educado a mí –susurró ella, deslizando los labios sugerentemente por encima de los de Karim–, y tengo que admitir que he disfrutado bastante con la instrucción. Eres un profesor muy bueno.

Como si quisiera demostrárselo de nuevo, Karim se colocó encima de Eva y encajó la boca con la de ella. Él no completó su historia hasta varios minutos después...

–Me vi atrapado en un matrimonio sin amor y, después de siete años de celibato... Eres adorable –susurró, mirándola completamente enamorado.

–¿Estás diciéndome que no hubo nadie más? Eso sí que no me lo creo... ¡Siete años! ¿De verdad que no tuviste relaciones sexuales durante siete años?

–¿Tanto te sorprende que respetara los votos que juré?

–No, no. No es eso. Simplemente es mucho tiempo y tú eres muy...

Se preguntó con frustración si llegaría alguna vez el día en el que no se sonrojara como una colegiala junto a Karim.

–¿Qué es lo que soy?

–Está bien. Eres una máquina en la cama y no me

puedo imaginarte dos días sin sexo, y mucho menos siete años...

–Gracias, pero tengo que decirte que eres tú, mi princesa, la que saca la bestia que hay en mí. En realidad, un hombre siempre puede canalizar sus energías. La verdad es que nunca ha habido nada en mi vida que no pueda controlar, y eso incluye mis sentimientos y mi libido... hasta que te conocí. Muchas veces me he preguntado si habría podido ser tan fiel si te hubiera conocido a ti durante mi matrimonio. Creo que eso habría sido algo que no hubiera podido soportar.

–Bueno, no ocurrió así.

–Tengo que admitir que, incluso cuando estaba disfrutando de mi libertad, sabía que tenía que casarme. Sin embargo, no tenía ninguna prisa por contraer matrimonio hasta que de repente...

–Yo te atrapé en mi tela de araña –bromeó Eva. Le enmarcó el rostro con las manos y lo miró a los ojos con gesto serio–. ¿Por qué lo hizo, Karim? ¿Por qué se casó contigo si ya tenía un amante?

–Me contó que sabía que no tenía posibilidad alguna de que ese hombre se casara con ella. Casarse conmigo era el único modo de evitar la vergüenza. Fue muy sincera. Me dijo que pensó no decirme nada y dejarme pensar que el bebé era mío, pero decidió contarme la verdad.

–¡Creo que fue un poco tarde para que tuviera una crisis de conciencia!

Karim se encogió de hombros. Sintió que el deseo se apoderaba de él mientras acariciaba suavemente un seno perfecto. Eva cerró los ojos y gimió suavemente.

–No fue la conciencia lo que le hizo revelar su estado, sino la repugnancia que sentía por compartir mi cama. Se ofreció a cumplir con sus deberes conyugales después de que naciera Amira, pero yo me negué.

–¿No te acostaste nunca con ella?

–No.

Eva se apartó de él y se puso a mirar al techo para tratar de asimilar aquellas revelaciones. Resultaba una completa ironía que Eva había sufrido un verdadero tormento al pensar que Karim siempre la estaba comparando con su perfecta primera esposa.

–¿Quién es el padre de Amira?

–Yo, Eva.

–Ya lo sé, pero... ¿Sospechó alguien alguna vez lo que ocurría?

–Evidentemente, en el hospital lo saben. Era inevitable. Los análisis demostraron que yo no podía ser el padre biológico porque no podía ser donante de médula para su transplante.

–Y Hakim, claro.

–Él diagnosticó a Amira, pero sé que nunca dirá nada. Zara jamás me dijo quién era el padre y yo no se lo pregunté. Lo único que sé es que se trataba de un hombre casado.

–¿Qué le dijiste cuando te lo confesó?

–¿Y qué podría decirle? Nuestro matrimonio era una farsa. Lo único bueno que salió de él fue Amira. Estaba decidido a llevar a cabo mi deber, pero jamás esperé sentir un cariño especial hacia ella ni sentimientos por el hijo de otro hombre. Sin embargo, cuando nació y la tomé entre mis brazos, sentí un vínculo instantáneo hacia ella. Zara, por su parte, quería un niño. Jamás le perdonó a Amira que fuera una chica.

–¿Cómo es posible que una madre? No lo comprendo...

–Claro que no. Tu querrás incondicionalmente a tus hijos. Les perdonarás cualquier cosa igual que me has perdonado a mí.

–¿Volvió a ver a su amante?

–Posiblemente. Siempre tuvo amantes durante nuestro matrimonio, pero fue muy discreta.

–¿Y a ti no te importó?

–¿Y por qué me iba a importar? Sin embargo, no dejes que esto te dé ideas. Si tú te atrevieras a mirar a otro hombre, mi reacción no sería la misma.

Eva se echó a reír.

–En ese caso, tendrás que asegurarte de que no me aburro contigo.

–¿Acaso te aburro?

–Tú... tú me completas, Karim. Me conviertes en un ser humano pleno. Creo que sin ti me desvanecería y no existiría en absoluto.

Los ojos de Karim se oscurecieron de pasión. Murmuró su nombre...

–Antes de conocerte, creía que... creía en el deber, en la habilidad de un hombre por darle forma a su futuro. Sin embargo, no creía en nada que no pudiera tocar ni sentir. No creía en el amor. Entonces, tú apareciste en mi vida y todo eso cambió. En la reunión que hemos tenido hoy con el consejo, les he dicho que si no podemos concebir un hijo, yo renunciaré al trono. Abdicaré.

Eva lo miró fijamente, convencida de que había comprendido mal.

–¿Y por qué ibas a hacer eso? No me lo creo.

Karim sonrió. Sus consejeros tampoco se lo habían creído. Cuando se dieron cuenta de que hablaba en serio, se vieron con menos ganas de poner una fecha límite.

–No podrías abdicar. Ésta es tu vida.

–Tú eres mi vida. Daría la vida por mi país, por mi gente, pero sin ti a mi lado no tengo... corazón. No podría hacerlo solo, Eva. Tú eres mi corazón y mi fuerza. Si quieren que yo siga, vamos todos juntos. Si no hay heredero, yo abdico y será el turno de Hakim.

–No puedo permitir que hagas algo así...

–No estoy haciendo nada más que darme permiso para amarte. ¿Acaso me lo vas a negar, corazón mío? Hasta ahora, mi vida ha girado siempre en torno al deber. ¿Acaso no ha llegado ya el momento en el que me haga un poco más egoísta?

–Esto lo dices ahora y sé que lo crees, pero, si... si no tenemos hijos y haces esto, lo echas todo por la borda, creo que, con el tiempo, acabarás echándome a mí la culpa. Para ti, este país es como... como la Iglesia para un sacerdote.

–¡Qué comparación tan mala! Te aseguro que yo no me parezco en nada a un sacerdote. No creo que esto sea un sacrificio. Tengo mi familia... Amira y tú. Mi país sobrevivirá sin mí, pero yo no sobreviviré sin vosotras dos. La ecuación es así de sencilla. La vida en sí es sencilla.

Eva escuchó emocionada aquellas palabras. Ya no pudo contener las lágrimas que le caían por las mejillas. No podía creer que aquel hombre tan increíble la amara tanto.

–Yo tampoco puedo sobrevivir sin ti, Karim.

–En ese caso, no llores. No puedo soportar verte llorar, Eva. No hay nada por lo que llorar. Te veo con un bebé en brazos.

–Eso espero –suspiró ella.

–Con la esperanza no se hacen los bebés –musitó él tomándola en brazos–. Yo sé lo que hay que hacer...

–¿Sí?

–Sí, *ma belle*...

–¿Crees que me lo podrías demostrar? –le preguntó a él tras besarle la comisura de la boca.

–¡Creía que jamás me lo ibas a pedir! –exclamó Karim con una sonrisa.

Nueve meses después, Karim lamentaba profundamente su éxito en la concepción de bebés. Se había leído todos los libros. Había asistido a las clases. Se había sentido seguro de sí mismo para enfrentarse a lo que se avecinaba. De hecho, hasta había estado deseando que llegara el momento del parto...

Entonces, cuando Eva empezó con las contracciones, nada pareció seguir el plan. De eso, nadie pareció sorprenderse mucho.

También muy rápidamente, se dio cuenta de que los libros no lograban describir adecuadamente el dolor de parto. Nada le había preparado para ver cómo su esposa soportaba una agonía durante horas y horas. Amira nació con fórceps y él no había podido estar presente.

Médicos y matronas le respondían a todo lo que preguntaba con la misma sonrisa condescendiente. Lo peor de todo era la impotencia de no poder hacer nada por su esposa.

Cerró los ojos cuando el médico animó a Eva a empujar. Ella gritó de un modo que provocó que se le helara la sangre.

No pudo contenerse más.

–Creo que sería mejor que le hicieran una cesárea. Evidentemente, hay complicaciones.

El médico sonrió. Todos parecían muy contentos.

–Su esposa lo está haciendo muy bien, príncipe Karim.

–Karim –le dijo Eva–. ¿Puedes hacer el favor de sentarte? Estoy intentando concentrarme...

–Pero.

–Hazlo, Karim.

Hizo lo que Eva le pidió. Acababa de tomar asiento al lado de la cama cuando el médico dijo:

–Ya asoma la cabeza... la siguiente contracción... empuje con fuerza...

Al final, la fascinación le ganó la partida al miedo. Karim vio cómo su hijo venía al mundo. Los ojos se le llenaron de lágrimas. Fue el momento más emocionante de su vida hasta que, diez minutos más tarde, una niña siguió a su hermano a este mundo, gritando con fuerza y mostrando una pequeña cabecita cubierta de cabello rojizo.

–Pobrecita mía –dijo Eva cuando le colocaron a su hija en brazos–. El pelo te ha tocado a ti –añadió. El niño había nacido con el cabello oscuro como su padre.

Con su hijo recién nacido en brazos, Karim tomó asiento en la cama al lado de su esposa y observó el rostro perfecto de su hija.

–Es muy hermosa –dijo, levantando la voz para que Eva pudiera escucharlo por encima de los gritos de la pequeña.

–Y muy ruidosa –añadió Eva con una sonrisa.

–Estuviste maravillosa, Eva. Increíble –susurró él dándole un beso–. Esto ha sido lo peor y lo mejor que me ha ocurrido en mi vida.

–Y tú eres lo mejor que me ha pasado a mí. Veo que cuando te decides a engendrar un hijo, no te conformas con medias tintas, ¿verdad?

–Debo admitir que jamás imaginé este nivel de éxito.

–Aún me acuerdo del gesto que se te puso en la cara cuando te dijeron que venían gemelos...

El pánico que Eva vio en el rostro de su siempre tranquilo esposo fue impagable.

–Yo creía que estaba listo para esto, pero estaba muy equivocado. Lo siento...

–Estuviste fantástico –dijo Eva–. Lograste distraerme del dolor –añadió ella–, aunque puede que médicos y matronas no estén de acuerdo.

–¿Quieres que vaya a buscar a Amira?

–Por favor. ¿Qué te parece si me das al niño mientras vas a buscar a la hermana mayor?

Karim depositó cuidadosamente al niño en brazos de Eva y contempló la imagen de los tres juntos. Entonces, suspiró.

–Soy el hombre más afortunado del mundo. Recuérdame que le suba el sueldo a Tariq por darme esa medicina para que me durmiera.

–Tariq trabajaría gratis para ti –comentó ella riendo–. Y lo sabes.

Unos minutos más tarde, con su esposo a su lado, sus hijos en brazos y Amira dándoles las manos a los niños con una expresión de asombro en el rostro, Eva repitió las palabras de Karim.

–Somos las personas más afortunadas del mundo...

Karim se inclinó sobre ella y la besó hasta que se vio obligado a detenerse para que Eva pudiera atender a su ruidosa hija.

–No va a hacer eso cada vez que te bese, ¿verdad? –le preguntó él mientras Eva se colocaba a la pequeña en el pecho.

–¿Te encuentras bien?

–El milagro de la vida no deja de sorprenderme –admitió Karim–. Aún no puedo creer que esta mañana fuéramos una familia de tres y que ahora seamos cinco.

–Me prometiste un milagro, Karim y me lo has dado...

Eva suspiró llena de felicidad. Sabía que podría afrontar todo lo que el futuro pudiera depararle con su esposo a su lado.

Karim contempló el cansado rostro de su esposa y sintió que el corazón se le llenaba de felicidad.

–Creo que ahora es mejor que duermas un poco. Dame a esos dos –dijo él mirando el reloj–. Ni se te ocurra moverte en las próximas dos horas.

–¿Se trata de una Orden Real?

–No. De una humilde petición.

Eva sonrió con gesto somnoliento. A su esposo no se le daba muy bien la humildad, pero destacaba en todo lo demás. Plena de felicidad, cerró los ojos...

Bianca™

Era la señora perfecta para su mansión…

Cuando Joanna Logan conoce al atractivo jardinero March Aubrey, éste hace que su corazón se altere. Pero luego se sorprende al descubrir que March no sólo se encarga de los jardines de Arnborough Hall, sino que posee toda la finca.

Aquello lo cambia todo. Jamás podrá considerar convertirse en lady Arnborough, con toda la presión que implica el título. Debe apagar las llamas de la pasión. Pero aquel lord desea que sea mucho más que la señora de su mansión…

Una novia perfecta

Catherine George

Acepte 2 de nuestras mejores novelas de amor GRATIS

¡Y reciba un regalo sorpresa!

Oferta especial de tiempo limitado

Rellene el cupón y envíelo a

Harlequin Reader Service®
3010 Walden Ave.
P.O. Box 1867
Buffalo, N.Y. 14240-1867

¡Sí! Por favor, envíenme 2 novelas de amor de Harlequin (1 Bianca® y 1 Deseo®) gratis, más el regalo sorpresa. Luego remítanme 4 novelas nuevas todos los meses, las cuales recibiré mucho antes de que aparezcan en librerías, y factúrenme al bajo precio de $3,24 cada una, más $0,25 por envío e impuesto de ventas, si corresponde*. Este es el precio total, y es un ahorro de casi el 20% sobre el precio de portada. !Una oferta excelente! Entiendo que el hecho de aceptar estos libros y el regalo no me obliga en forma alguna a la compra de libros adicionales. Y también que puedo devolver cualquier envío y cancelar en cualquier momento. Aún si decido no comprar ningún otro libro de Harlequin, los 2 libros gratis y el regalo sorpresa son míos para siempre.

416 LBN DU7N

Nombre y apellido	(Por favor, letra de molde)	
Dirección	Apartamento No.	
Ciudad	Estado	Zona postal

Esta oferta se limita a un pedido por hogar y no está disponible para los subscriptores actuales de Deseo® y Bianca®.
*Los términos y precios quedan sujetos a cambios sin aviso previo.
Impuestos de ventas aplican en N.Y.

SPN-03

Deseo™

Una vida nueva

OLIVIA GATES

Él corrió a su lado en cuanto se enteró del accidente. Hasta su completa
recuperación, el millonario doctor decidió llevarse a la convaleciente Cybele a su casa, frente al mar, prometién-
dose cuidar y proteger a aquella
joven viuda y embarazada, sin reve-
larle sus verdaderos sentimientos.
Pero temía que a pesar de sus brillan-
tes habilidades, fuera incapaz de rete-
ner a Cybele a su lado si se enteraba
de la verdad sobre el papel que había
jugado en su embarazo.

Prometió mantener un secreto...

Bianca

Ella quiere ser independiente…
él quiere una buena esposa

Loukas Andreou es un hombre de gran éxito en los negocios y… según las malas lenguas, también en la cama. Es el hombre con quien Alesha Karsouli debe casarse según una cláusula del testamento de su padre.

De mala gana, Alesha accede a firmar el contrato matrimonial, siempre y cuando su unión se limite al aspecto social de sus vidas, no al privado. Pero pronto se da cuenta de que ha sido muy ingenua…

Loukas necesita una esposa que se muestre cariñosa en público. Sin embargo, según él, la única forma de conferir autenticidad a su relación en situaciones sociales es intimar en privado…

Boda con el magnate griego

Helen Bianchin